HAYMON verlag

Gustav Ernst

Zur unmöglichen Aussicht

Roman

Auflage:
4 3 2 1
2018 2017 2016 2015

HAYMON verlag
Innsbruck-Wien
www.haymonverlag.at

ISBN 978-3-7099-7173-4

Umschlag- und Buchgestaltung nach Entwürfen von
hœretzeder grafische gestaltung, Scheffau/Tirol
Umschlag: hœretzeder grafische gestaltung, Scheffau/Tirol
unter Verwendung eines Fotos von una.knipsolina/photocase.de
Satz: Da-TeX Gerd Blumenstein, Leipzig

Gedruckt auf umweltfreundlichem,
chlor- und säurefrei gebleichtem Papier.

Kagraner stieß eines Tages, ich saß auf der Terrasse des Cafés in der Sonne und las Zeitung, im Vorübergehen versehentlich gegen meinen Tisch. Er entschuldigte sich, beteuerte seine Unschuld, er habe nur dem Kellner, der ein volles Tablett zwischen den Stühlen balancierte, ausweichen wollen, als er plötzlich innehielt und sagte: Verzeihung, mein Herr, Ihre Aktentasche. Was ist mit ihr?, fragte ich und betrachtete meine Aktentasche. Es ist die gleiche, die mein Freund hatte, sagte er. Ihr Freund, sagte ich, hat er sie denn nicht mehr? Ich weiß es nicht, sagte Kagraner, erlauben Sie mir, dass ich mich kurz setze? Aber ich bitte Sie, sagte ich und rückte ihm den Stuhl zurecht. Sie müssen wissen, sagte er, ich habe meinen Freund aus den Augen verloren. Seit Jahren kein Lebenszeichen von ihm. Nichts, was ich mit meinem Freund irgendwie hätte in Verbindung bringen können. Und jetzt das. Darf ich mir die Tasche genauer ansehen? Sie meinen, es ist seine Tasche?, fragte ich. Nein, nein, sagte Kagraner, ich bitte Sie, das wäre doch ein merkwürdiger Zufall. Aber interessieren würde mich schon, und ich bitte Sie, mich nicht misszuverstehen, ich möchte Ihnen auf keinen Fall zu nahe treten, sagte er, aber wenn Sie mir die Frage gestatten: Wo haben Sie die Tasche her?

Die Geschichte vom guten Zuhörer

Wo ist Ihre Tasche?, fragte Kagraner, als er einige Wochen später auf der Terrasse des Cafés plötzlich wieder vor mir stand. Sie werden sie doch nicht einfach entsorgt haben? Nein, nein, sagte ich und schob die Pläne und Kostenvoranschläge, die ich vor mir auf dem Tisch ausgebreitet hatte, zusammen, sie ist zu Hause. Aber bitte, sagte ich, nehmen Sie doch Platz, und wies auf die Bank gegenüber. Danke, sagte Kagraner, sehr freundlich. Denn sehen Sie, sagte er, mein Freund, der die gleiche Tasche hatte wie Sie, zumindest bin ich weitgehend davon überzeugt, sagte er, weswegen ich Sie auch kürzlich belästigt habe, war nicht wirklich mein Freund, auch wenn wir eine gewisse Zeit gemeinsam im Ausland verbracht hatten. Nein?, sagte ich. Nein, sagte Kagraner, leider. Aber er besaß eine Eigenschaft, eine höchst seltene Eigenschaft!, die ihn über unseren kurzen gemeinsamen Auslandsaufenthalt hinaus fast zu meinem Freund hätte machen können. Und die wäre?, fragte ich. Wie meinen Sie?, sagte Kagraner. Die Eigenschaft, sagte ich, die ihn fast zu Ihrem Freund hätte machen können, worin bestand die? Ich konnte mich stundenlang mit ihm unterhalten, sagte Kagraner, ohne dass mir auch nur eine Minute langweilig geworden wäre. Das gibt es?, fragte ich. Gab es, sagte Kagraner, was ich sehr bedaure. Denn er war nicht nur witzig und voll überraschender Wendungen im Gespräch. Und er sprach nicht nur über sich, denn natürlich sprach er auch über sich und durchaus nicht ungern, sagte Kagraner, aber das immer offen und knapp und auf das Wesentliche und auch für mich Interessante beschränkt. Sondern er konnte vor allem eines, und das war die herausragende Eigenschaft!, eine Eigenschaft, die ich weder vor ihm noch nach ihm je auch nur in Bruchstücken, falls man das so sagen kann, angetroffen hätte! Er konnte zuhören. Und Sie können sich nicht vorstellen, sagte Kagraner, was für ein außerordentliches Vergnügen es bereitet, jemanden zu erleben, der zuhören kann. Bei dem man in jedem Moment die Gewissheit hat, der hört wirklich zu! Das ist einmalig, sagte Kagraner, wirklich einmalig! Sie können ihm die persönlichsten Dinge erzählen. Sie haben sogar das Gefühl, was ihn wirklich interessiert, das sind Ihre persönlichsten Dinge. Sie fühlen sich sofort verstanden. Sie spüren Verbindlichkeit, Wärme, Anteilnahme. Er gibt keine Ratschläge, Ratschläge nie!, nie Ratschläge!, rief Kagraner aus, aber er stellt die richtigen Fragen, sodass Sie allein durch diese Fragen Ihre persönlichen Angelegenheiten in einem neuen und klareren Licht sehen. Ihnen fallen Dinge auf, die Ihnen bisher nicht aufgefallen sind. Und das freut ihn. Das bringt er auch zum Ausdruck, dass ihn das freut. Alle Bedenken, jemand anderen könne das nie und nimmer interessieren, was Sie zu erzählen haben, hat ja auch bisher niemanden interessiert!, sagte Kagraner, sind im Gespräch mit ihm wie weggeblasen. Er möchte immer mehr wissen, immer genauer erfahren, was Ihr Problem ist. Aber nicht aus Neugier, sagte Kagraner, das merken Sie sofort, nicht aus Neugier!, nie aus Neugier!, sondern aus wirklichem Interesse an der Sache. Verstehen Sie? Sie haben das Gefühl, frei von der Leber weg sprechen zu können. Sie können Dinge eingestehen, benennen, die Sie niemandem sonst gegenüber, auch sich selbst gegenüber nicht!, eingestehen und benennen würden. Die einzugestehen und zu benennen Sie auch noch nie Anlass gehabt haben. Und Sie haben auch nicht den Eindruck, und das ist überaus bemerkenswert!, sagte Kagraner, etwas einzugestehen. Sie sagen es einfach. Alles erscheint im Gespräch mit ihm vollkommen selbstverständlich. Tatsächlich?, sagte ich. Sie glauben mir nicht?, fragte Kagraner. Das verstehe ich gut, dass Sie mir nicht glauben, sagte er, ich würde Ihnen wahrscheinlich auch nicht glauben. Ich würde selbst mir nicht glauben, sagte Kagraner, wenn ich nicht genau wüsste, dass diese Person existiert hat, dass ich sie gekannt habe. Ein Sozialhelfer?, fragte ich. Sozialhelfer?, sagte Kagraner. Wieso Sozialhelfer? Überhaupt kein Sozialhelfer! Auch kein Psychologe oder Mediator. Also ein Wunder, sagte ich, ein Heiliger. Beinahe, sagte Kagraner und lachte. Aber das Interessante ist, sagte er, und das ist wirklich interessant, dass die Nähe, die in diesen Gesprächen hergestellt wurde, kaum war das Gespräch weg, auch weg war. Weg?, sagte ich. Und wie weg!, sagte Kagraner. Was meinen Sie mit *weg?*, fragte ich. Weg, sagte Kagraner, einfach weg. Es gab keine Anrufe, keine weiteren Treffen. Wo man doch glauben könnte, die Dinge, die man besprochen hat, würden zumindest einen Anruf nach sich ziehen, eine Nachfrage, wie das oder jenes ausgegangen sei. Nichts. Gar nichts. Kein Bedürfnis, mit mir in Verbindung zu treten. Nicht, weil er sich vor den Gesprächen mit mir gefürchtet hätte, sagte Kagraner. Ich denke, es gab keinen Grund, sich vor einem Gespräch mit mir zu fürchten. Aber jedes Mal, wenn wir uns trafen, sagte Kagraner, und nach unserem gemeinsamen Auslandsaufenthalt trafen wir uns immer nur zufällig, war er überaus erfreut, und jede Menge Wärme und Anteilnahme kam auf, und stundenlang konnten wir an einer Ecke stehen oder stundenlang in einem Café sitzen und reden, als wären wir die besten Freunde. Was er ja nicht hätte tun müssen, sagte Kagraner, stundenlang mit mir irgendwo stehen oder sitzen. Er hätte auch freundlich grüßen und an mir vorübergehen können. Das wäre doch durchaus ein Verhalten im Rahmen der Normalität gewesen. Aber nein!, sagte Kagraner, er ging nicht vorüber! Und ich hatte nicht den Eindruck, aus schlechtem Gewissen. Aber Freunde im engeren Sinne, sagte

Kagraner, sind wir trotzdem nicht geworden. Und dennoch hatte ich Lust, ja, das Bedürfnis!, sagte Kagraner, das will ich nicht leugnen, hätte ich auch damals nicht leugnen können, ihn öfter zu treffen, ihn immer wieder zu treffen, ihn kontinuierlicher zu treffen. Aber er nicht, sagte Kagraner, er hatte das Bedürfnis nicht. Mich gab es für ihn nicht, wenn ich nicht da war. Nur wenn ich da war, sagte Kagraner, dann gab es mich. Dann hatte er immer viel Zeit für mich.

Eigentlich hätte ich diesen Herrn, der mich an jenem sonnigen Nachmittag so unvermittelt angesprochen hatte, gern mit scharfen Worten zurechtgewiesen. Denn seit Stunden brütete ich schon, jede Menge Kaffee trinkend und ohne mich vom Fleck zu bewegen, über Kostenvoranschlägen und Berechnungen die Erneuerung meines Dachstuhls betreffend, die sich aber für mich als unüberschaubar und letztlich als zu kompliziert erwiesen. Die Zahlen gerieten mir durcheinander und ich hatte kaum noch Lust, mich weiter damit zu beschäftigen. Aber in Anbetracht des angekündigten, eine Weile anhaltenden Schönwetters mussten die Arbeiten in Auftrag gegeben werden, und zwar unverzüglich.

In dieser Phase sprach er mich an, ohne jede Rücksicht auf den prekären Zustand, in dem ich mich befand, den er, so meine Überzeugung, hätte erkennen müssen. Noch dazu mit Erwähnung einer Tasche, die ich in diesem Moment mit den vor mir liegenden Unterlagen über Größen und Farben von Dachziegeln und über die Tragfähigkeit von Dachbalken in keinerlei Zusammenhang bringen konnte. Erst beim zweiten Hinschauen hatte ich den Eindruck, den Herrn irgendwo schon gesehen zu haben. Und beim dritten Mal fiel mir ein, woher ich ihn kannte. Und von welcher Tasche er sprach.

Nichtsdestotrotz war ich fest entschlossen, mit dem Hinweis, ein wichtiger Termin stünde an und ich könne leider nicht bleiben, das Café zu verlassen und in einem anderen meine Arbeit fortzusetzen. Nicht ohne den Herrn, während ich meine Papiere ordnete, zu bitten, doch inzwischen Platz zu nehmen. Aber die Geschichte über seinen vermissten Freund, die er daraufhin ohne Umschweife, beinahe in Form einer Überrumpelung, zu erzählen begann, ohne sich weiter um mich zu kümmern, und die Art, wie er sie erzählte, fand ich dann doch bemerkenswert. Sodass ich sitzen blieb, meine Berechnungen, die gute Gelegenheit nützend, sein ließ und mir die Geschichte anhörte.

Woraufhin es mich auf dem Heimweg wurmte, nicht, meine dringenden Planungsarbeiten vernachlässigt zu haben, sondern Kagraner, wie er sich mir gegenüber mit Namen vorgestellt hatte, nicht gleich das Angebot gemacht zu haben, ihm die Tasche zu schenken. Ich hatte nicht wirklich mehr Verwendung für sie. Dass ich sie damals, bei unserem ersten Treffen, dabeihatte, war Zufall. Als ich sie aber dann, daheim angekommen, aus dem Schrank nehmen wollte, um sie für Kagraner bereitzulegen, kam es mir doch etwas unpassend und aufdringlich vor, ihm ein derartiges Geschenk zu machen. Ich kannte Kagraner ja kaum. Auch die Anteilnahme an seiner Geschichte und am Verlust seines Freundes, von der ein solches Geschenk wohl unweigerlich zeugen würde, erschien mir in diesem Moment etwas übertrieben, wenn nicht gar peinlich. Vielleicht zu einem späteren Zeitpunkt, dachte ich und beschloss, die Tasche bis dahin pfleglich zu behandeln, um sie ihm dann in jenem guten Zustand, in dem er sie gesehen hatte, überreichen zu können.

Denn am Ende wünschte er sich, zu meiner Überraschung, mich hier öfter zu sehen. Auch er liebe Kaffeehausbesuche, vor allem Sommerterrassen, und sei einer ruhigen Stunde mit Kaffee und einem angenehmen Gesprächspartner nicht abgeneigt, inmitten der Hektik seines Berufslebens. Natürlich unverbindlich, sagte er, je nachdem, wie unsere Zeit es erlaube, denn er sehe, und dabei zeigte er auf meine Unterlagen, dass ich viel zu tun hätte, und auch er sei viel unterwegs und seine Zeit knapp bemessen. Was mir nach anfänglichem Zögern und der Befürchtung, mich auf etwas einzulassen, aus dem ich vielleicht schwer wieder herauskäme, durchaus verlockend erschien. Denn nach dem Tod meiner Frau, der mich immer noch beschäftigte, und während der mitunter enervierenden Reparatur- und

Erneuerungsarbeiten am Haus, die sicher noch enervierender werden würden, könnte mir, so meine Überlegung, etwas Unterhaltung und Abwechslung nur guttun. Kagraner und seine Geschichten schienen mir dafür durchaus geeignet.

Die Geschichte vom Koffer

Was mir heute passiert ist, sagte Kagraner, reichte mir mit großer Geste die Hand und setzte sich, entbehrt nicht einer gewissen Lächerlichkeit. Einerseits. Andererseits aber ... Apropos, sagte er, darf ich Sie zum Essen einladen? Oh, sagte ich, ein besonderer Anlass? Ich bin gerade mit dem Leben davongekommen, sagte er und lachte schallend. Mit dem Leben davongekommen?, sagte ich. Das klingt ja sehr dramatisch! Was ist geschehen? Sie müssen wissen, sagte er, ich komme direkt vom Bahnhof. Sie waren auf Reisen?, fragte ich. Auf Reisen ist übertrieben, sagte Kagraner, ich war in Sankt Pölten. Geschäftlich?, fragte ich. Teils teils, sagte er. Jedenfalls, auf der Höhe von Neulengbach, der Zug war ziemlich voll, bat eine Dame mir gegenüber eine andere, ihren Koffer vom Nebensitz zu nehmen, um sich setzen zu können. Es sei nicht ihr Koffer, sagte die Dame, sie wisse auch nicht, wem er gehöre. Sie sei selbst erst zugestiegen und habe den Koffer hier vorgefunden. Und wie sich herausstellte, sagte Kagraner, gehörte der Koffer auch sonst niemandem von den Fahrgästen rundum. Keiner wusste, wem er gehören könnte, seit wann er hier liege und wer zuerst hier gesessen sei. Ich half der Dame also, den Koffer ins Gepäcknetz zu legen, sagte Kagraner, und war fest entschlossen, meinen durch die Koffergeschichte unterbrochenen Schlaf fortzusetzen. Es gelang mir aber nicht, sagte Kagraner. Denn plötzlich dachte ich, ich hätte den Koffer nicht anrühren sollen, vielleicht ist es eine Bombe. Eine Bombe?, sagte ich. Ja, sagte Kagraner, eine Bombe!, und vielleicht hat mein Berühren und Hochheben den Mechanismus ausgelöst! Nicht dass ich Angst verspürt hätte, sagte Kagraner. Ich habe überhaupt keine Angst verspürt. Ich dachte nur, es wäre in diesem Fall vielleicht angebracht, Angst zu verspüren. Ich sollte die Möglichkeit, dass in diesem Koffer eine Bombe steckt, nicht einfach von der Hand weisen. Zugleich dachte ich, lächerlich, wer sollte einen Zug zwischen Wien und Sankt Pölten in die Luft sprengen wollen, voll mit Pendlern. Andererseits dachte ich, in Madrid sind auch Züge mit Pendlern in die Luft gesprengt worden. Trotzdem verspürte ich nicht die mindeste Angst, sagte Kagraner. Weil ich dachte, und das ganz automatisch, sagte Kagraner, Terrorakte sind für gewöhnlich weit weg von mir, ich sehe sie im Fernsehen, und die Leichen sehe ich auch immer nur dort, in einer Umgebung, die ich nicht kenne, die nicht meine ist. Hier, in meiner Umgebung, kommt diese Art von Leichen ja nie vor, kann gar nicht vorkommen, dachte ich in diesem Moment, sagte Kagraner, oder besser, ich dachte es nicht wirklich, es war für mich einfach so, verstehen Sie, sagte er. Dann dachte ich aber, und das dachte ich wirklich, sagte er, das dürften sich die Leute in der Londoner U-Bahn womöglich auch gedacht haben. Einerseits dachte ich also, sagte Kagraner, vollkommen unmöglich, dass dort oben eine Bombe liegt, hier ist noch nie eine gelegen. Andererseits dachte ich, was ist, wenn das trotzdem eine Bombe ist, die dort liegt? Auf Flughäfen heißt es ja auch immer, sagte Kagraner, bitte achten Sie auf herrenloses Gut, auf ein Gepäckstück, das herumsteht und niemandem zu gehören scheint. Ich selbst habe ja einmal, sagte er, ein Gepäckstück bei der überstürzten Weiterfahrt mit dem Taxi vor dem Flughafenausgang stehen lassen. Was, wie ich nachher erfuhr, sagte er, postwendend den Einsatz der Antiterroreinheit ausgelöst habe. Mein Gepäckstück, ein Nylonsack mit Zeitungen und angebrochenen Keksschachteln, sei sorgfältig umzingelt worden, die Umgebung weiträumig abgesperrt, und voll adjustiert hätten sich Bombenexperten vorsichtig meinen Zeitungen und den angebrochenen Keksschachteln genähert. Und der Koffer?, fragte ich. Der war nicht schwer, als ich ihn hochhob und ins Gepäcknetz legte, sagte Kagraner. Eine leichte Bombe. Plastiksprengstoff, dachte ich. Nein, kein Plastiksprengstoff. Flüssigsprengstoff. Egal, dachte ich, sagte Kagraner, ob leicht oder schwer, er würde sicher ausreichen, uns in die Luft zu sprengen. Ich verfiel in einen absurden Zustand, sagte Kagraner, eine Art panische Todesangst lähmte mich. Und zugleich dachte ich: Ich muss diesen Koffer loswerden, augenblicklich! Aber wie, sagte Kagraner, ohne hysterisch zu werden, ohne Aufsehen zu erregen, ohne mich der Lächerlichkeit preiszugeben? Ich könnte dem Schaffner sagen, überlegte ich fieberhaft, sagte Kagraner, obwohl *fieberhaft* das falsche Wort ist, denn ich hatte ja kein Fieber, aber man sagt *fieberhaft*, wenn man *rasend schnell in Panik* oder *in Panik rasend schnell* meint, oder?, sagte Kagraner. Ja, sicher, sagte ich etwas ungeduldig, aber was, was wollten Sie dem Schaffner sagen? Ihn bitten, den Koffer mitzunehmen, sagte Kagraner, ehe ihn jemand anderer, jemand Unbefugter an sich nehmen würde. Was mir plausibel erschien, sagte Kagraner, oder erscheint Ihnen das nicht plausibel? Doch, doch, sagte ich. Ich sah also den Gang hinunter, den Gang hinauf, sagte Kagraner. Kein Schaffner. Ich geriet immer mehr in Panik. Das vollkommen Unwahrscheinliche schien mir plötzlich sehr wahrscheinlich, sagte Kagraner, nämlich, dass ich mit diesen Leuten, die hier um mich herumsaßen, schliefen, in Zeitschriften blätterten, telefonierten, im nächsten Augenblick in die Luft fliegen würde. Wir kannten uns nicht, hatten uns noch nie gesehen, hatten nichts Gemeinsames, außer, sagte Kagraner, dass wir hier gemeinsam im Zug saßen. Aber ein Gemeinsames hätten wir dann doch, dachte ich, sagte Kagraner, nämlich, gemeinsam durch die Luft zu fliegen. Und ich stellte mir vor, sagte er, und es war eine sehr lebhafte Vorstellung, wie unsere Körper, die sich noch nie berührt hatten, die nebeneinander und hintereinander saßen, ständig darauf bedacht, sich nicht zu berühren, in Stücke gerissen würden und durch die Luft fliegen und sich plötzlich in der Luft berühren. Plötzlich, sagte Kagraner, zum ersten Mal in ihrem und in meinem Leben und zum letzten Mal würden sie als Fleisch- und Knochenstücke in der Luft aufeinanderstoßen, aneinander vorbei und durcheinander sausen, sich mischen, um schließlich nebeneinander und übereinander, fremdes Fleisch auf fremdem Fleisch, unter den Trümmern des Waggons überraschend doch noch gemeinsam und im Frieden vereint zu liegen zu kommen. Schaurig, sagte ich, diese Vorstellung! Halb so schlimm, sagte Kagraner, oh, da kommt das Essen! Schaut gut aus, sagte er mit Blick auf den Rostbraten und die geröstete Leber, ehe er sich zu mir vorbeugte und sagte: Ich wage es ja kaum einzugestehen, und es würde mich auch nicht wundern, sagte er, wenn Sie mich für vollkommen verkorkst hielten, aber es hat mir zunehmend Lust bereitet, ja, es hat mir Lust bereitet!, sagte Kagraner, ob Sie es glauben oder nicht, mir dieses Herumfliegen meiner Körperteile noch plastischer, noch bunter, noch detaillierter auszumalen! Nein!, sagte ich etwas erschrocken. Keine Angst, sagte Kagraner lachend, ich werde Sie damit nicht weiter behelligen. Ich bitte darum, sagte ich. Ich hatte ja meinen Spaß, sagte er wieder lachend. Und, sagte er, wie ist die Leber? Wissen Sie, sagte er, Leber könnte ich jederzeit essen, geröstet, mit viel Zwiebel, oder glaciert oder, von mir besonders bevorzugt, gebacken, mit Petersilienkartoffeln und grünem Salat! Überhaupt Innereien! Die meine Frau beispielsweise überhaupt nicht mag. Mögen Sie Nierndln? Wie bitte?, sagte ich. Ob Sie geröstete Nierndln mögen?, sagte er. Oh, sehr gern!, sagte ich. Die hatte ich heut in Sankt

Pölten, sagte Kagraner, da kenne ich ein Restaurant, ein Spitzenrestaurant!, ganz nahe beim Diözesanbauamt, kennen Sie das Diözesanbauamt? ... Verzeihen Sie bitte, sagte ich. Ja?, sagte er. Wie ist denn die Geschichte eigentlich ausgegangen?, fragte ich. Geschichte? Welche Geschichte? Oh, Sie meinen, die im Zug? Ganz einfach, sagte Kagraner und schnitt seinen Rostbraten in der Mitte durch. Als der Mann seinen Koffer holte, den er vergessen hatte, war ich nicht wirklich erleichtert. Sie waren nicht erleichtert, sagte ich, nach all diesen grauenhaften Vorstellungen? Nein, sagte Kagraner, ich hatte ja keine Sekunde lang daran gezweifelt, dass die Geschichte so ausgehen würde.

Die Geschichte vom Urlaub

Denn haben Sie eine Vorstellung, sagte Kagraner, wie meine Urlaube im Gesäuse vor noch nicht allzu langer Zeit ausgesehen haben? Sicher erfreulich, sagte ich, mit gutem Essen, mit Blick auf die Rottenmanner Tauern oder auf die Hochtorgruppe ... Haben Sie Kinder?, fragte er. Nein, sagte ich, bedaure. Dann wissen Sie auch nicht, was das heißt: kein Urlaub!, sagte Kagraner. Kein Urlaub?, sagte ich, wieso *kein Urlaub?* Genau, sagte er. Denn aufgestanden bin ich um sechs, sagte er. Während ich den einen wickle, macht die andere in die Windel. Während ich die andere wickle, macht der eine in die Windel, sodass ich ihn nochmals wickle. Er stößt sie um, sie schreit. Sie zieht ihm den Lutscher aus dem Mund, er schreit. Er beißt sie in den Oberarm, sie schreit. Sie nimmt ihm die Flasche weg und kriecht unter den Tisch, er schreit. Er schlägt ihr mit seinem Plastikauto auf den Kopf, ich schreie. Meine Frau steht auf um sieben, ich falle ins Bett bis neun. Dann sind wir beide auf und machen Frühstück. Während wir den einen daran hindern, die Tischdecke herunterzureißen, reißt die andere die Wäsche aus dem Regal. Während wir der einen die Zündhölzer wegnehmen, von denen sie die Köpfe herunterbeißt, fällt der andere vom Sessel. Der eine wird nach dem Bad angezogen, die andere zieht sich meine Unterhose über den Kopf. Die andere wird angezogen, der eine holt sich das Thermometer von der Wand. Die eine brüllt im Auto, weil sie Autofahren nicht mag, der andere schreit nach der Wasserflasche, weil er Durst hat. Ich suche nach dem Lutscher im Fond, während meine Frau sagt, jetzt gib ihm doch endlich den Lutscher. Als wir den Berg hinauffahren, sagt meine Frau, der Brandgeruch kommt vom Motor. Als wir hinunterfahren, sage ich, der Brandgeruch kommt von draußen. Ich sage, es sind die Bremsbelege, sie sagt, es ist die Kupplung. Sie sagt, der Wagen zieht nicht, merkst du das nicht? Ich sage, fahren wir zur Tankstelle Öl nachschauen. Wir gehen also an dem einen Tag von der Werkstatt zu Fuß nach Hause, mit dem Sohn im Kinderwagen, mit der Tochter im Traggestell am Rücken, und am nächsten Tag zur Werkstatt zurück, ebenfalls zu Fuß, diesmal mit der Tochter im Kinderwagen und dem Sohn auf den Schultern. Im Wirtshaus schläft die Tochter im Kinderwagen, der Sohn kriecht die Treppe hinauf. Ich renne hinter ihm her, meine Frau geht aufs Klo. Ich geh aufs Klo, meine Frau rennt hinter ihm her. Die Tochter schreit auf der Heimfahrt, weil sie Saft trinken möchte. Der Sohn schreit, als sie trinkt, weil es seine Flasche ist. Sie schreit, weil sie leer ist. Er schreit, weil sie leer ist. Ich koche abends das Essen, während meine Frau die Kleine füttert und den Großen davon abhält, den Apfelsaft in meine Schuhe zu schütten. Meine Frau geht mit den beiden ins Zimmer fernsehen, ich gehe in die Küche aufwaschen. Meine Frau sagt, die beiden schlafen nicht, aber ihr sei speiübel. Während ich das Aufwaschen unterbreche und die Tochter von den Steckdosen fernhalte, drückt der Sohn die Knöpfe der Fernbedienung. Während ich dem Sohn die Fernbedienung wegnehme, kriecht die Tochter in den offenen Kasten. Während die Tochter endlich schläft, nehme ich den Sohn und gehe ins Badezimmer, wo meine Frau im Finstern vor der Muschel hockt und kotzt. Der Sohn schreit: Auto, Auto!, meine Frau schreit: Kein Licht, das tut mir in den Augen weh! Ich hole ihr mit dem Sohn unterm Arm ein neues Kopfwehpulver aus der Küche, weil sie das eine ausgekotzt hat, sie legt sich ins Bett und sagt, ihr ist kalt. Ich gebe der Tochter den Lutscher, damit sie weiterschläft, meine Frau schreit: Ich muss wieder kotzen!, und rennt ins Badezimmer. Der Sohn braucht dringend einen Apfelsaft zum Trinken, ich muss dringend aufs Klo. Ich sage, ich muss dringend, und meine Frau sagt, ich kotze. Ich gehe in die Küche den Apfelsaft holen, da schreit die Tochter nach dem Lutscher. Ich gebe der Tochter den Lutscher mit der einen Hand, dem Sohn den Apfelsaft mit der andern. Er schläft endlich, und ich will endlich aufs Klo. Ich will aufstehen, da greift er im Schlaf nach mir und lässt nicht mehr los. Ich schlafe ein, da kommt meine Frau aus dem Badezimmer und sagt: Mir geht es besser. Ich sage: Sehr schön, es ist ein Uhr, und gehe endlich aufs Klo. Ich bin auf dem Klo, da schreit die Tochter und will ihr Fläschchen. Ich mache in der Küche das Fläschchen warm, komme ins Zimmer, und alle schlafen. Und das nennen Sie Urlaub?, sagte Kagraner. Verstehe, sagte ich, und wie ist eigentlich das Wetter so im Gesäuse?

Die Geschichte von der Erbschaft

Stellen Sie sich vor, sagte Kagraner, als er meiner ansichtig wurde, schon von weitem. Es war der Tag, an dem die Baufirma angerufen hatte, um mir für die nächsten Stunden eine Materiallieferung anzukündigen, ob ich zu Hause sei, um sie in Empfang zu nehmen, was ich mit Bedauern verneinen musste, mit dem Hinweis, ich sei nicht in der Stadt, voraussichtlich auch die nächsten Tage nicht, was am anderen Ende der Leitung, so mein Eindruck, gehörigen Unmut hervorrief, mich aber nicht sonderlich beeindruckte. Stellen Sie sich vor, sagte Kagraner noch einmal, als er bei mir angekommen war, meine Schwiegermutter will mich enterben lassen. Lassen?, sagte ich, wieso lassen? Von wem? Von meiner Frau, sagte Kagraner. Wie, sagte ich, Ihre Frau soll Sie enterben? Richtig, sagte Kagraner. Denn es ist doch so, sagte er, dass meine Frau, wenn meine Schwiegermutter stirbt, der Vater ist schon lange tot, alles erbt, und dass, wenn meine Frau vor mir sterben sollte, ich alles erbe, und auch das, was sie von meiner Schwiegermutter geerbt hat. Das heißt, ich erbe ein Drittel und meine Kinder erben zwei Drittel. Ist das so?, sagte ich. Es ist so, sagte Kagraner, zumindest sagt das meine Schwiegermutter, und genau das will sie verhindern. Dass Sie ein Drittel erben?, fragte ich. Ja, sagte Kagraner, denn sie hat meine Frau aufgefordert, mir auch dieses Drittel zu verweigern. Aber wieso?, fragte ich. Haben Sie sich etwas zu Schulden kommen lassen? Ihre Schwiegermutter beleidigt? Nicht speziell, sagte Kagraner. Nicht speziell?, sagte ich, was heißt: *nicht speziell*? Nicht so, wie man sich allgemein vorstellt, dass man jemanden beleidigt, sagte Kagraner. Wie sonst?, fragte ich. Man könnte sagen, sagte Kagraner und bestellte einen Kaffee und einen Apfelstrudel, möchten Sie auch einen?, sagte er. Nein, danke, sagte ich. Man könnte also sagen, sagte er, die

Beleidigung besteht darin, dass ich der Mann ihrer Tochter bin, dass aber diese Tatsache allein für meine Schwiegermutter nicht ausreicht, um mich als Mitglied der Familie anzuerkennen. Nein?, sagte ich. Nein, sagte Kagraner. Was sind Sie denn dann, sagte ich, als Schwiegersohn, wenn nicht ein Mitglied der Familie? Ein Eindringling, sagte Kagraner und stach in den Apfelstrudel, ein Dazugekommener, den meine Schwiegermutter nicht gebeten hat dazuzukommen, den sie vielmehr jahrelang versucht hat gemeinsam mit ihrem Mann mit allen Mitteln, und ich sage bewusst, mit allen Mitteln!, wieder hinauszubekommen, den sie aber nicht hinausbekommen hat, der also nur geduldet ist und als Geduldeter kein Recht hat, sagte Kagraner, über das Geduldetsein hinaus noch irgendetwas anderes zu beanspruchen. Aber es ist doch üblich, sagte ich. Üblich! Üblich!, sagte Kagraner, nicht für meine Schwiegermutter. Für meine Schwiegermutter ist da überhaupt nichts üblich. Einmal fremd, immer fremd. Ein merkwürdiger Brauch, sagte ich. Ja, sagte Kagraner, mit diesem Brauch lebe ich jetzt schon zwanzig Jahre. Grotesk, sagte ich. Der Brauch?, sagte Kagraner. Ja, sagte ich, aber vor allem, dass Sie schon zwanzig Jahre damit leben. Schön, dass Sie das sagen, sagte Kagraner. Und, sagte ich, was sagt Ihre Frau? Will sie Sie enterben? Soviel ich weiß, sagte Kagraner und unterbrach sich kurz. Der Apfelstrudel ist gut, sagte er, wollen Sie nicht doch einen? Ja, sagte ich, überredet. Sehr gut, sagte Kagraner, ich nehme auch noch einen, und bestellte zwei Apfelstrudel. Soviel ich also weiß, sagte er, und ich weiß natürlich nur das, was mir meine Frau zu erzählen bereit ist, hat sie sich strikt geweigert, mich zu enterben. Und, sagte ich, Sie glauben ihr? Worauf Kagraner plötzlich von etwas ganz anderem sprach.

Was mir dann doch, kaum hatte ich den Satz Und, Sie glauben ihr? *ausgesprochen, etwas frech erschien. Auch dass Kagraner danach so auffällig abrupt das Thema gewechselt hatte, gab mir zu denken. Den ganzen Abend warf ich mir vor, mit dem Satz* Und, Sie glauben ihr? *eine Grenze überschritten zu haben, Kagraners Frau und somit Kagraner selbst auf unzulässige Weise nahe getreten zu sein. Wenn Kagraner die Glaubwürdigkeit seiner Frau nicht in Zweifel zog, dachte ich, wieso dann ich? Auch wenn es spaßig gemeint war. Und es war spaßig gemeint! Wobei ich gehofft hatte, so meine Erinnerung, dass Kagraner diesen Satz nicht in derselben Weise wie ich peinlich oder gar kompromittierend empfunden haben mochte. Mehrmals sagte ich mir den Satz laut vor, um zu prüfen, ob die Art, wie ich ihn gesagt hatte, eher weniger spaßig wirkt und dafür mehr beleidigend oder eher spaßig und kaum beleidigend oder nur spaßig und überhaupt nicht beleidigend. Was mir kein zufriedenstellendes Ergebnis bescherte und mich damals eher erschöpft und verärgert zu Bett gehen ließ. Und ich hätte sicher schwer einschlafen können und mich durch die Nacht gequält, wäre ich nicht noch einmal von der Baufirma angerufen worden, die mich nach mehreren Beteuerungen ihres Bedauerns, mich zu so später Stunde noch gestört zu haben, fragte, ob ich nicht doch morgen im Haus sein könnte oder zumindest jemand anderer an meiner statt, um die Lieferung zu empfangen, sie wüssten nicht, wohin damit. Was mich ziemlich in Rage versetzte. Aber mein schlechtes Gewissen Kagraner gegenüber war damit schlagartig verschwunden. Wonach ich auch bestens einschlief.*

Am nächsten Morgen befiel mich aber dann doch eine Bangigkeit und ließ mich, während ich untätig in meiner Stadtwohnung herumsaß und dem Regen zusah, den ganzen Vormittag über nicht los: Bin ich wirklich zu weit gegangen? Würde Kagraner überhaupt noch kommen? Würde er mich zur Rede stellen?

Die Geschichte von den zwei Besuchen

Ich bin offenbar immer noch etwas verwirrt von diesem Arztbesuch, sagte Kagraner, nachdem er eine Weile zwischen den Tischen der Terrasse herumgeirrt war, ohne mich zu finden. Erst als ich aufstand und ihm winkte, sah er mich. Sie waren beim Arzt?, fragte ich. Leider, sagte Kagraner. Doch nichts Ernstes?, sagte ich. Nein, nein, sagte Kagraner, Vorsorgeuntersuchung. Aber dieser Arzt, ein junger Arzt, schaut mir in den Mund und sagt, nachdem ich ihm gestanden habe, gelegentlich eine Zigarre zu rauchen: Bei einer Zahnprothese müssen Sie aufpassen. Sie scheuert eine Stelle im Mund auf, wir nennen es *weißes Fleisch*, und wenn Sie rauchen, kann das leicht zu Mundhöhlenkrebs führen. Und zu meinen Blutfettwerten sagt er: Die sind leicht überhöht. Und überhöhte Blutfettwerte können schnell zu einer Fettleber führen und zu einer eingeschränkten Arbeitsfähigkeit. Und als er mich fragt: Wie viel trinken Sie?, und erklärend hinzufügt: Wegen der Fettleber, und ich sage: Mitunter zwei Achtel Wein am Tag, was eigentlich übertrieben ist, sagte Kagraner, denn ich trinke äußerst selten zwei Achtel Wein am Tag!, sagt der Arzt: Ich will Ihnen nicht unterstellen, dass Sie ein Alkoholproblem haben, aber vielleicht sollten Sie nur jeden zweiten Tag ein Achtel trinken. Und nachdem er meinen Blutdruck gemessen hat, sagt er: Ihre Werte sind unter der Höchstgrenze, aber sollten sie darüber gehen, kann das leicht zu einem Herzinfarkt führen. Sie sollten abnehmen. Entsprechend Ihrer Größe mindestens fünfzehn Kilo. Worauf ich ihm sage: Mit zwanzig hatte ich zehn Kilo weniger, und da war ich beängstigend dünn. Worauf er wieder sagt: Dann nehmen Sie halt nur fünf Kilo ab. Aber das wollte ich Ihnen gar nicht erzählen, sagte Kagraner und bestellte einen weiteren Kaffee. Was ich Ihnen erzählen wollte, ist die Geschichte von heute früh, die mir jetzt, sagte er, wenn ich so zurückblicke, um nichts weniger grotesk erscheint als der Arztbesuch. Was für eine Geschichte?, fragte ich. Sehen Sie, sagte Kagraner, heute früh sucht mich ein alter Bekannter auf, in einer sehr dringenden Angelegenheit, wie er meint. Es sei ihm nicht ganz unpeinlich, davon zu sprechen, sagt er, übrigens in meinem Alter, sagte Kagraner, verheiratet, zwei Kinder, solider Beruf, aber seit er von daheim weggegangen sei, befinde er sich in einem ihm vollkommen unverständlichen, hartnäckigen sexuellen Erregungszustand, und es sei ihm bis jetzt unmöglich gewesen, sich zu beruhigen. Er sagt: Gleich in der U-Bahn-Station habe er eine Frau gesehen, um die zwanzig, auf einer Bank sitzend und in Tränen aufgelöst, und er hätte nichts anderes mehr denken können als: Ich möchte sie auf dem Schoß halten und sie streicheln, ihre Händen nehmen und sie auffordern zu erzählen, was der Grund ihres Kummers sei, und dabei in sie eindringen und, während sie erzählt, in ihr auf- und abfahren, wörtlich sagt er, sagte Kagraner: Ich halte ihre Hände und sie erzählt und weint und ich komme zum Orgasmus und sie erzählt immer noch und weint und ich komme noch einmal und noch einmal. Und dann steige ich ein, sagt mein Bekannter, bewusst nicht dort, wo sie einsteigt, und setze mich einer Frau gegenüber, die ein ausgesprochen hässliches Gesicht hat, aber zwei wunderschöne Beine in dunklen Strümpfen mit leicht geöffneten Knien ganz nah an meinen Knien. Ich versuche, nicht hinzusehen, sagt mein Bekannter, schaue aus dem Fenster, schaue auf die übrigen Fahrgäste, schaue unwillkürlich, aber dann doch auf ihre Beine, die mir nahezu unmerklich immer näher zu rücken scheinen, sodass ich mit meinen Knien beinahe zwischen sie hineinfahre, was mein Geschlecht sofort wieder in Aufruhr versetzt, sagt er, sodass ich fürchte, es könnte meine Hose ausbeulen und mich verraten. Und ich verlasse die Bahn fluchtartig, sagt er, und da geht eine Frau vor mir mit einem leicht eingeknickten Gang und einem Fuß, der sich beim Gehen immer wieder ein wenig nach innen dreht, und mit sehr weichen Kniekehlen und einem gar nicht besonders schönen, mich aber aus irgendeinem Grund ungemein aufregenden Hintern. Sodass ich auf der Rolltreppe, knapp hinter ihr stehend, nichts anderes denken kann als daran, ihr mein Geschlecht zwischen die Hinterbacken hineinzubohren und ihr dabei, was technisch wohl kaum möglich ist, sagt er, die Kniekehlen zu kraulen, und dass ich mich richtig beherrschen muss, sagt er, um nicht zuzugreifen, was mir in diesem Moment als das Selbstverständlichste von der Welt erschienen wäre. Sie müssen verzeihen, sagt er, natürlich hätte ich auch gleich heimfahren können, hätte ich nicht befürchtet, bei der nächsten Frau, die ich sehe, wieder in diesen ohnmächtigen Zustand versetzt zu werden. Und er saß auch vor mir, sagte Kagraner, wie ich noch nie einen Menschen vor mir habe sitzen sehen, aufgelöst, ratlos, um nicht zu sagen, verzweifelt. Und was dann?, fragte ich. Nichts, sagte Kagraner, ich habe Kaffee gekocht. Wir haben Kaffee getrunken. Er hat mir die Geschichte nochmals erzählt und nochmals und sich dann sehr abrupt ein Taxi bestellt. Er fahre heim, sagt er. Wohl zum Masturbieren, denke ich, sagte Kagraner, sage es aber nicht. Was er ja auch bei Ihnen hätte tun können, sagte ich. Wie stellen Sie sich denn das vor?, sagte Kagraner. Ich kann doch nicht sagen: Holen Sie sich doch bitte einen runter, wenn Sie den Ausdruck erlauben, hier sind Taschentücher, ich schaue derweil aus dem Fenster. Nein, sagte ich, aber auf dem Klosett, oder haben Sie keines? Sicher habe ich ein Klosett, sagte Kagraner, wieso sollte ich keines haben? Aber hätte sich das besser angehört, wenn ich gesagt hätte: Bitte, gehen Sie doch hinaus, zweite Tür links, und erleichtern Sie sich in die Klosettmuschel? Aber das Einfachste wäre es doch gewesen, sagte ich, oder? Für ihn offenbar nicht, sagte Kagraner, sonst hätte er mir all das nicht erzählt, sondern gleich gefragt: Bitte, wo ist hier die Toilette, oder? Da haben Sie auch wieder recht, sagte ich. Aber warum hat er es Ihnen dann erzählt?, fragte ich. Genau das wüsste ich auch gern, sagte Kagraner. Hätten Sie eine Erklärung?

Eine wunderbare Geschichte, die mich etwas aufheiterte. Denn an diesem Tag war mir nicht wirklich danach zumute gewesen, Kagraner zu treffen.

Zuerst, schon am frühen Nachmittag, das unerquickliche Gespräch mit dem Installateur. Seit Jahren wünschte ich mir eine separate Duschkabine. Ich hatte es satt, zum Duschen immer in die Badewanne klettern und mit dem Plastikvorhang kämpfen zu müssen, der, kaum war ich eingeseift, an mir klebte und nicht und nicht zu entfernen war. Der Installateur schlug eine Kombination von Wanne und Duschkabine vor, mit einer Wannentür, sodass ich weder in die Wanne noch über die Wanne in die Duschkabine klettern müsste, sondern einfach die Tür öffnen, die Wanne betreten und die Tür, selbstverständlich wasserdicht, wie er mehrmals betonte, hinter mir schließen könnte. Aber ich wollte keine Tür in der Badewanne, die ich auf- und zumachen konnte, und die durch das ständige Auf und Zu, davon war ich überzeugt, in absehbarer Zeit undicht wäre. Auch keine Kombination von Wanne und Duschkabine, sondern nur eine Duschkabine, was ich dachte, klar zum Ausdruck gebracht zu haben. Für den Installateur aber offenbar nicht. Denn ständig bot er mir neue Sorten von Badewannen an, Halbrundbadewannen, ovale, dreieckige, achteckige, auch eine sogenannte Avantgardebadewanne, aus zeitlosem Material, wie er sagte, und mit zwei Rückenschrägen, aber immer in Kombination mit einer Duschkabine. Woraufhin es mir zu bunt wurde und ich ihn mit der Bemerkung, ich würde mir die Sache noch einmal ernsthaft überlegen, verabschiedete.

Und dann, eine Stunde später, die Sache mit der Satellitenschüssel, die, obwohl mit der Firma vereinbart, nicht geliefert wurde. Wo doch die Spiele der englischen Premier League unmittelbar bevorstanden, Arsenal gegen Crystal Palace, FC Liverpool gegen FC Southampton, und vor allem Newcastle United gegen Manchester City, auf die ich mich freute und die ich unbedingt sehen wollte. Noch dazu, wo der niederländische Mittelfeldspieler Siem de Jong, wie ich gehört hatte, von Ajax Amsterdam zu Newcastle wechselte und der englische Nationalspieler Luke Shaw von FC Southampton zu Liverpool. Und ich stand da ohne Schüssel!

Und zuallerletzt noch die Nachricht, dass die Hull City Tigers gegen Manchester United 1:3 verloren hatten. Was vorauszusehen gewesen war, immerhin stand Manchester auf dem siebten Platz der Tabelle und Hull City auf dem sechzehnten, aber ich mochte die Mannschaft.

Sodass ich mich nach all den Widrigkeiten des Tages äußerst unwillig auf den Weg zu Kagraner machte, in der Hoffnung, er würde auf kein zu langes Treffen bestehen, und mit der Absicht, mich zum frühestmöglichen Zeitpunkt mit einer glaubhaften Entschuldigung zu verabschieden.

Aber es kam, wie gesagt, anders. Kagraners Geschichte konnte mich tatsächlich umstimmen, ich blieb und vergaß den Ärger. Die Erklärung aber, die er am Ende verlangte, konnte ich ihm nicht geben. Wobei ich nicht sicher war, ob Kagraner wirklich eine Erklärung von mir erwartete. Vielmehr hatte ich den Eindruck, dass ihm die Geschichte während des Erzählens doch etwas peinlich geworden war, er sie aber, mittendrin, nicht mehr zurücknehmen konnte, vor allem bestimmte Details nicht, auf die es am Ende der Geschichte ja wesentlich ankam, und dass er mit der Frage nach einer Erklärung nur von der Sackgasse ablenken wollte, in die er sich selbst hineinmanövriert hatte. Denn mir erschien die Geschichte, eingestandenermaßen, auch etwas gewagt, nämlich angesichts unserer kurzen Bekanntschaft und der bei weitem noch nicht ausreichend hergestellten Vertrautheit miteinander, und sie so öffentlich über den Tisch eines Kaffeehauses mitten am Nachmittag und mitten unter den zahlreichen Gästen erzählt zu bekommen, war mir nicht wirklich angenehm. Andererseits aber, was ich natürlich nicht sagte, waren mir derartige Empfindungen und Fantasien, wie Kagraners Freund sie hatte, nicht ganz unbekannt, vor allem aus den gelegentlichen halbvertraulichen Gesprächen mit Arbeitskollegen bei diversen Betriebsfeiern und -ausflügen, auch wenn sie, soweit ich mich erinnere, niemals diese Ausmaße erreichten oder gar in überfallsartige morgendliche Besuche mündeten. Wobei ich mich fragte, ob es nicht Kagraners eigene Fantasien waren und es ihm aus irgendeinem Grund Spaß machte, sie mir auf diese Weise zu erzählen.

Wichtig aber war mir vor allem, dass er in keiner Weise auf meine etwas despektierliche Bemerkung über seine Frau vom letzten Mal, die mir immer noch Kopfzerbrechen bereitete, zu sprechen gekommen war. Hatte er sie vielleicht gar nicht gehört? Hatte er sie auch als unerheblich erachtet so wie ich und vergessen? Das würde ich doch zu gern in Erfahrung bringen wollen! Aber wie und wann?

Daheim fand ich dann doch noch die tröstliche Nachricht der Firma auf meinem Telefonanrufbeantworter: Sie sei zerknirscht, eine Panne in der Logistik, die Lieferung der Satellitenschüssel sei nun jederzeit möglich, ich möge einen neuen Termin nennen.

Die Geschichte vom Mann mit dem hellen Sakko

Ich fühle mich verfolgt, sagte Kagraner, als er sich setzte, ohne seinen Hut abzunehmen. Sie fühlen sich verfolgt?, sagte ich. Ja, sagte er und spähte links und rechts aus dem Fenster. Von wem?, fragte ich. Wer sollte Sie verfolgen und warum? Das weiß ich nicht so recht, sagte Kagraner. Aber gelegentlich sehe ich einen Mann in einem hellen Sakko, durch die Auslage eines Supermarkts, in dem ich gerade einkaufe, er steht draußen und raucht eine Zigarette, oder in der Straßenbahn, ich steige hinten ein, er steigt vorne ein, ohne dass ich ihn vorher an der Haltestelle habe warten sehen. Und es ist immer derselbe Mann?, fragte ich. Auch das weiß ich nicht so genau, sagte Kagraner. Immer wenn ich mich ihm nähere, ist er weg. Auch hier, sagte Kagraner und sah sich um, glaube ich ihn schon einmal gesehen zu haben, eine Zigarette rauchend und in eine Zeitung vertieft. Und dass ich letztes Mal scheinbar etwas verwirrt zwischen den Tischen herumgeirrt bin, sagte Kagraner, war weniger wegen des Arztbesuchs, Sie verzeihen meine kleine Notlüge, sondern weil ich überzeugt gewesen bin, ihn hier vor mir ins Café hineingehen gesehen zu haben. Und, sagte ich, war er da? Nein, sagte Kagraner, er dürfte sich rechtzeitig durch den zweiten Ausgang davongemacht haben. Aber warum, fragte ich, sollte Sie jemand verfolgen? Haben Sie eine Idee, einen Verdacht? Sehen Sie, sagte Kagraner, vor geraumer Zeit starb ein Freund von mir, unter, und das kann ich mit Fug und Recht behaupten, höchst mysteriösen und aufklärungsbedürftigen Umständen. Erzählen Sie, sagte ich, was war geschehen? Geschehen war, sagte Kagraner, dass man meinen Freund Victor nach einer Filmvorführung allein in einem Kinosaal sitzend tot aufgefunden hat. Herzinfarkt?, fragte ich. Eben nicht, sagte Kagraner, die Todesursache ist bis heute nicht geklärt. Victor war fünfundvierzig und kerngesund. Er rauchte nicht, er trank nicht, er joggte und besuchte ein Fitnessstudio. Noch vor seinem Abflug zu diesem Filmfestival, Sie müssen wissen, er war Filmproduzent, sagte Kagraner, erklärte er mir voll Stolz, er habe sich einem Belastungs-EKG unterzogen und sei laut Befund zu hundert Prozent leistungsfähig. Aber was könnte es dann gewesen sein?, sagte ich. Das ist die Frage, sagte Kagraner, die nicht nur mich beschäftigt. Gemutmaßt wird, er sei keines natürlichen Todes gestorben. Was?, sagte ich, Mord? Mitten in einem vollen Kinosaal? Mitten unter Menschen? Wie hätte man das anstellen können? Mit Gift, sagte Kagraner. Mit Gift?, fragte ich. Mit welchem Gift? Ja, sagte Kagraner, zum Beispiel in der Mineralwasserflasche, die Victor nach Zeugenaussagen während der ganzen Vorstellung in der Hand gehalten hatte und die dann verschwunden war. Und wer, sagte ich, könnte Interesse daran gehabt haben? Einige, sagte Kagraner, viele. Denn sein neuer Film, ein Dokumentarfilm, hätte von dunklen Geschäften handeln sollen, von Briefkastenfirmen, geheimen Provisionszahlungen, Firmenbegünstigungen durch hohe Politiker, illegalen Parteispenden. Die doch sowieso alle gerichtsanhängig sind, sagte ich, über die doch sowieso täglich bis in alle Einzelheiten in den Zeitungen berichtet wird. Ja, sagte Kagraner, aber nicht alles steht in den Zeitungen und noch nicht alles ist den Gerichten bekannt. Aber deswegen wird man doch nicht umgebracht, sagte ich, zumindest bei uns nicht. Das glauben Sie, sagte Kagraner, aber auch bei uns sind die Sitten lockerer geworden. Aber ich bitte Sie, sagte ich, zwischen Sitten, die lockerer geworden sind, und Mord ... Würden Sie dafür Ihre Hand ins Feuer legen, sagte Kagraner, und ich bitte Sie, sich genau zu überlegen, was Sie antworten!, dass, wenn es um Millionen geht, und es geht um Millionen!, um viele Millionen!, nicht auch die letzten Schranken fallen? Ich weiß nicht, sagte ich. Sie wissen nicht?, sagte Kagraner. Nein, sagte ich, aber es scheint mir doch etwas zu weit hergeholt. Finden Sie?, sagte Kagraner. Ja, sagte ich. Sie finden also, das wäre zu weit hergeholt?, sagte Kagraner und lachte auf. Ja, sagte ich, wenn Sie erlauben. Da werden Sie aber noch an mich denken!, sagte Kagraner. Das hoffe ich nicht, sagte ich. Und ob Sie an mich denken werden!, sagte Kagraner. Gut, sagte ich, aber was haben Sie mit der Sache zu tun? Ich?, sagte Kagraner. Ja, sagte ich, warum sollten Sie, so habe ich es zumindest verstanden, deswegen verfolgt werden? Das ist ja das Merkwürdige, sagte Kagraner. Denn Sie müssen wissen, ich habe weder mit der Filmbranche im Allgemeinen noch mit Filmemachen im Besonderen irgendetwas zu schaffen. Auch mit diesem Film, den Victor geplant hat, nichts. Aber ich habe Victor öfter getroffen, sagte Kagraner, natürlich, das stimmt. Aber weil wir befreundet gewesen sind, nicht wegen des Films. Er hat mir natürlich erzählt davon, sagte Kagraner, wie man eben jemandem, mit dem befreundet ist, erzählt, was man tut. Und deswegen, meinen Sie, sagte ich ... Ja, sagte Kagraner, deswegen. Deswegen meine ich, dass ich verfolgt werde. Irgendjemand ist überzeugt davon, sagte Kagraner, und zwar felsenfest, dass mir Victor, gerade weil ich nicht zur Branche gehöre, weil ich nichts mit all dem zu tun habe, sein gesamtes und, wie man wohl meint, höchst brisantes Belastungsmaterial anvertraut hat, und dass ich, und davon ist der Betreffende sicher ebenso überzeugt, nahe daran bin, es an die Öffentlichkeit zu bringen. Vielleicht, sagte Kagraner, und das sei gar nicht so abwegig, sagte er, aus Rache. Alles Unsinn, sagte ich, oder? Natürlich, sagte Kagraner, aber warum sonst sollte man mich verfolgen?

Die Satellitenschüssel war nun endlich geliefert und auf dem Dach montiert worden, aber sie funktionierte nicht. Einen halben Nachmittag lang versuchten zwei Herren, mir Fernsehbilder über den Satelliten zu verschaffen. Einmal krochen sie auf dem Dach herum und bearbeiteten die Schüssel, einmal krochen sie in meinem Wohnzimmer herum und bearbeiteten meinen Fernsehapparat. Vergeblich. Am Ende stellten sie mir einen Spezialisten in Aussicht, der aber erst in ein paar Tagen Zeit hätte, und verschwanden.

Was mich wirklich zur Weißglut brachte, denn die Spiele der englischen Premier League rückten näher. Gern hätte ich Kagraner davon erzählt, es hätte mich erleichtert. Aber seine Verfolgungsgeschichte verlangte alle Aufmerksamkeit. Da war kein Platz für meine Satellitenschüsselgeschichte.

Und gern hätte ich auch über den englischen Fußball mit ihm gesprochen und darüber, dass ich verrückt danach war, jede Gelegenheit zu ergreifen, um ein englisches Spiel zu sehen, und zwar öfter als nur bei Weltmeisterschaften oder im Rahmen der Champions League, etwa bei Freunden, die mein Interesse teilten, oder gelegentlich, wenn auch viel zu selten, während meiner Geschäftsreisen in England. Denn eine Satellitenschüssel, die ich mir wünschte, um mehr Spiele sehen zu können, kam für meine Frau nicht infrage. Sie hasste Fußball. Bei jedem Match gab es die heftigsten Auseinandersetzungen, und nicht nur einmal musste ich, da sie immer wieder ins Zimmer platzte, um mir zu verkünden, wie sehr sie Fußball verabscheute und wie rücksichtslos ich damit ihre Nerven strapazierte, ins nahe Wirtshaus flüchten, um mir das Spiel dort zu Ende anzusehen.

Erst später, als sie sich zunehmend schlechter fühlte und sich weniger um mich kümmerte, begann ich ernsthaft mit dem Gedanken zu spielen, mir eine Satellitenschüssel anzuschaffen, traute mich aber nicht. Erst ihr Tod machte es möglich. Denn jetzt wusste ich, niemand würde mehr in mein Zimmer platzen. Jetzt sollte ich zugreifen. Jetzt könnte ein neuer Lebensabschnitt beginnen. Mein Lebensabschnitt. Was ich Kagraner ebenso gern erzählt hätte, wäre er nicht dermaßen in seine Mord- und Verfolgungsgeschichte vertieft gewesen. Die ihn sichtlich ernsthaft beschäftigte.

Die mir aber doch eher seltsam vorkam. Sollte ich sie ihm glauben? Durchaus vorstellbar, dachte ich, als Kagraner gegangen war, dass er beschattet würde, vielleicht aus guten Gründen, die mir nicht bekannt waren, die ich auch nicht zu wissen verlangte. Der Mordverdacht aber erschien mir dann doch eher als eine Art Verschwörungstheorie, die sich Freunde des Toten im Schock angesichts des für sie vorerst unerklärlichen, plötzlichen Ablebens zusammengereimt hatten. Unwillkürlich blickte ich mich im Café um und auch anschließend auf meinem Heimweg. Sah aber nirgends einen Mann in einem hellen Sakko. Auch sonst nichts Verdächtiges. Wobei ich inzwischen doch wohl auch, dachte ich plötzlich, mit einer gewissen Berechtigung unter Beobachtung stehen könnte und unter dem Verdacht, Geheimnisse zu kennen, in Geheimnisse eingeweiht zu sein, zumal ich öffentlich gut sichtbar mit Kagraner gesprochen hatte, was mich also durchaus in den Augen eines argwöhnischen Beobachters zu einem Mitwisser hätte machen können. Ein Gedanke, den ich aber sofort wieder verwarf, als absolut lächerlich. Oder besser gesagt: den ich mit allerlei Tricks und Gründen so lange lächerlich zu machen suchte, bis es mir leichtfiel, ihn zu verwerfen.

Andererseits aber war ich davon nicht ganz unberührt. Auch mich befiel gelegentlich das Gefühl, jemand wäre in der Nähe und würde meine Aktivitäten in Bezug auf Beschaffung der Satellitenschüssel argwöhnisch beobachten. Als würde ich sie immer noch gegen jemanden durchsetzen müssen. Erst heute, als die beiden Herren nicht in der Lage waren, die Schüssel in Betrieb gehen zu lassen, hatte ich das absurde Gefühl, das sei ein Zeichen. Die Schüssel dürfe nie in Betrieb gehen! Nie würde sie funktionieren!

Jedenfalls hatte ich vor, wegen der Arbeiten am Haus, die ich zügig vorantreiben wollte, Kagraner in der nächsten Zeit nicht zu treffen. Aber früher als angekündigt brach die Kaltfront herein, mit Stürmen und anhaltenden Regengüssen. An Dacharbeiten, an Außenverputz, an den Einbau der neuen Fenster war nicht zu denken. Überschwemmungen und Murenabgänge wurden gemeldet. Arbeiter blieben aus. Lieferungen wurden abgesagt. Gerade den Umbau des Badezimmers, diesmal nach meinen Wünschen, mithilfe eines anderen Installateurs, schaffte ich noch.

Nach ein paar Tagen, an denen ich versuchte, allein weiterzuarbeiten, hatte ich es satt, meine freie Zeit inmitten von Schutt, Isoliermaterial, Betonsäcken und Dachziegeln sowie den Jausenresten und Jausenvorräten der Arbeiter mehr oder minder untätig zu verbringen, und beschloss, fürs Erste ganz in die Wohnung meiner Eltern zu ziehen, die ich nach ihrem Tod als Stadtwohnung behalten hatte und seit dem Tod meiner Frau öfter benützte.

Auch wegen meines in unmittelbarer Nähe befindlichen Cafés. In das ich nun, rasch deponierte ich meine Reisetasche im Vorzimmer, sofort hinuntereilte, auch in der Hoffnung, Kagraner zu treffen.

Und tatsächlich war er da und unterhielt mich, was mich die Unwetter und die widrigen Umstände der Hausrenovierung so gut wie vergessen ließ, mit einer neuen Geschichte.

Die Geschichte von den Karotten

Sehen Sie, sagte er, ich bin ja als Vater zweier Kinder, was Essgeräusche betrifft, nicht leicht zu beeindrucken. Aber die Dame mittleren Alters heute Nachmittag im Zug ... Sie waren wieder auf Reisen?, fragte ich. Erzwungenermaßen, sagte Kagraner. Aber die Dame mittleren Alters heute Nachmittag im Zug, und darauf will hinaus, sagte er, schaffte es tatsächlich, mich, trotz meiner, wie gesagt, durchaus reichhaltigen Erfahrungen in puncto Essgeräuschen, ganz entsetzlich zu nerven mit ihrem Fresszeremoniell, um es gleich passend auszudrücken. Ach, sagte ich, Essen im Zug! Da könnte ich Ihnen jede Menge Geschichten erzählen. Mit Verlaub, sagte Kagraner, zuerst erzähle ich meine, dann können Sie Ihre erzählen, einverstanden? Natürlich!, sagte ich, ich bitte um Verzeihung, ich wollte mich nicht vordrängen. Nein, nein, sagte er, das habe ich auch nicht so gemeint. Aber es brennt mir auf der Zunge. Es war eine schreckliche Reise, verstehen Sie? Ich hatte mir extra einen Sitz ausgesucht ausschließlich mit allein reisenden Damen und Herren in der Umgebung, um die Gewissheit zu haben, an keinen Gesprächen mithören zu müssen, die, wie Sie sicher selbst schon erfahren haben, sagte er, mitunter Lautstärken erreichen können, die das Reisen unerträglich machen. Mir gegenüber, auf der anderen Seite des Ganges saß eine jüngere Frau mit Laptop, von der ich mit einiger Berechtigung annehmen konnte, dass sie sehr bald in ihre Arbeit vertieft sein würde. Aber weit gefehlt!, sagte Kagraner. Denn kaum hatten wir den Bahnhof verlassen, packte sie zwei Plastikbehälter aus und öffnete sie. In dem einen befand sich ein eher weißlicher Aufstrich mit dunklen Einsprengseln. Vielleicht Kürbiskerne, sagte Kagraner. Nein, sie waren kleiner. Vielleicht gemahlene Kürbiskerne oder gemahlene Körner einer etwas dunkleren Getreideart. Und im anderen befand sich, soviel ich sehen konnte, ein eher grünlicher Aufstrich. Vielleicht Topfencreme mit Schnittlauch, sagte er, oder mit hineingerührtem Avocadofleisch. Jedenfalls verursachte das Öffnen der Verriegelung des Plastikgeschirrs jeweils einen ziemlichen Knall. Worauf sie die vorbereiteten Brotschnitten zu bestreichen begann, was, sagte Kagraner, noch den wenigsten Lärm machte. Aber als der Aufstrichvorrat zu Ende ging und sie mit dem Messer hartnäckig die Reste aus dem Plastikgeschirr herauszukratzen und zwischendurch auch noch mit einem eigenen Sägemesser Vollkorngebäck zu zersägen begann, schienen sich mir die Essgeräusche nun doch etwas gar zu aufdringlich zu entwickeln. Dessen nicht genug, sagte Kagraner, riss mich plötzlich ein lautes Krachen oder Knacken aus dem leichten Dösen, in das ich nach dem Ende des Plastikgeschirrausschabens gesunken war. Ich blickte erschrocken auf, sagte Kagraner. Und was war es? Sie aß eine Karotte, deren Verzehr nicht nur beim Abbeißen ein abruptes knackendes Geräusch verursachte, sondern auch beim Zerkauen ein Knacken und Knirschen, dass ich es, und wie mir schien, in voller Lautstärke, mühelos durch die Wange der Zerkauenden durchhörte. Und eine Karotte, sagte Kagraner, haben Sie schon einmal eine rohe Karotte, ich meine, eine ganze rohe Karotte gegessen?, ist hart und lang und nicht gleich gegessen. Und es dauerte auch eine ziemliche Weile, bis das Gekrache und Geknacke ein Ende fand. Woraufhin ein bisschen Ruhe einkehrte, sagte Kagraner, und ich überzeugt war, das Ärgste überstanden zu haben. Aber die Dame, möglicherweise eine Lehrerin, sagte Kagraner, sie hatte handgeschriebene Seiten vor sich, vielleicht Schularbeiten, aber auch gedruckte Seiten, in denen sie mit verschiedenfarbenen Kugelschreibern und Markierstiften, die sie vor sich aufgereiht hatte, Diverses korrigierte und markierte, wozu sie merkwürdige Stöhnlaute von sich gab, als würde ihr all das besondere Mühen abverlangen, begann plötzlich, Sie werden es nicht glauben!, sagte Kagraner, erneut zu essen. Was denn?, sagte ich, sie hat doch schon alles aufgegessen. Das hatte ich auch gedacht, sagte Kagraner. Aber keinesfalls! Das Zersägen des sehr reschen Gebäcks, sie hatte offenbar Unmengen davon, und das Auskratzen der Plastikbehälter begann von neuem. Dazu kam das Zerknüllen von Papiersäckchen und Alufolienstücken, und man glaubt nicht, sagte Kagraner, welchen Krach derlei Tätigkeiten verursachen können in einem überraschend stillen Waggon. Und auch das Verschließen der Plastikbehälter, das Einrasten der Verschlüsse, knallte wieder, wie das Öffnen geknallt hatte. Dazu kam noch das mehrmalige Zuschlagen oder Zufallen des Deckels des Abfalleimers unter dem Fenster. Und fast kam es mir vor, sagte Kagraner, als würde die Dame den Deckel absichtlich zufallen lassen, um damit das Ende ihrer vegetarischen und, wenn ich mich nicht täusche, sagte Kagraner, wohl auch biologischen Mahlzeit größtmöglichst aufmerksamkeitsheischend zu verkünden, wobei ich diesen, wie mir bewusst ist, sagte er, vollkommen falschen Superlativ *größtmöglichst*, wenn Sie gestatten, hier mit voller Absicht einsetze. Worauf sie aber, Sie können mir glauben, ich hätte aus dem Fenster springen können, es ging mir durch Mark und Bein!, sagte Kagraner, in aller Ruhe eine weitere Karotte zu verzehren begann, und zwar eine besonders dicke und besonders lange, die sie sich offenbar als speziellen Leckerbissen für die Nachspeise aufbewahrt hatte. Nein!, sagte ich. Doch, sagte er, diese Karotten sind ein Horror! Sehen Sie, sagte ich, genau dasselbe ist mir in einem Zug nach Graz passiert, als ein Mann, er muss so um die fünfzig gewesen sein ... Eigentlich müsste die Dame, sagt Kagraner, wenn Sie erlauben, dass ich das noch hinzufüge, all das, was sie an Gesundheit durch die gesunde Nahrungsaufnahme gewonnen hat, durch den ungesund nervenaufreibenden Krach ihrer Nahrungsaufnahme wieder verloren haben. Sie wird ihn gewohnt sein, sagte ich. Natürlich, sagte Kagraner, nur ich werde öfter mit ihr fahren müssen, um mich daran zu gewöhnen. Ich begleite Sie, sagte ich. Das ist nett von Ihnen, sagte Kagraner. Aber was mir noch auffiel, sagte er, an dieser nicht nur demonstrativ sich alternativ ernährenden, sondern auch alternativ gekleideten Frau, war der goldene und über Gebühr breite, er reichte fast von einem Fingerknöchel zum nächsten!, sagte Kagraner, irgendwie ebenso demonstrative Ehering. Ob es da wohl einen Zusammenhang gibt, sagte Kagraner, zwischen den zwei Demonstrationen? Darf ich jetzt meine Geschichte erzählen?, sagte ich. Oh, natürlich, sagte er, ich bitte darum.

Wozu es aber, nach mehreren Nachträgen zu seiner Geschichte, die sich Kagraner nicht nehmen ließ, und einigen Wiederholungen ihm besonders interessant erscheinender Details, leider nicht mehr kam. Als ob er, aus welchen Gründen immer, es verhindern wollte, dass auch ich Geschichten erzähle. Worauf ich es, etwas überrascht und leicht eingeschnappt, aber bemüht, es nicht weiter zu zeigen, überhaupt sein ließ.

Die Geschichte von der Erinnerung an Leo

Nein, nein, sagte Kagraner, nachdem er sich gesetzt und seinen Kaffee bestellt hatte, es ist nichts Spektakuläres, was ich gerne mit Ihnen besprechen würde, eher das Gegenteil, vielleicht überhaupt nichts Besprechenswertes, und trotzdem, sagte er, und trotzdem ... Was ist es?, fragte ich, überzeugt davon, dass er nun doch noch auf meine Bemerkung über seine Frau, die ich damals im Zusammenhang mit seiner Erbschaftsgeschichte gemacht hatte, zu sprechen kommen würde und mich zur Rechenschaft ziehen. Ich weiß es nicht, sagte Kagraner, ich weiß nicht, was mich an der Sache so beschäftigt, verstehen Sie. Den ganzen Tag grüble ich schon daran herum, immer wieder fällt es mir ein, sehe ich die Szene vor mir, in den unpassendsten Momenten. Welche Szene?, sagte ich, etwas erschrocken über das Ausmaß, das meine Bemerkung bei Kagraner inzwischen offenbar angenommen hatte. Erzählen Sie, sagte ich, erzählen Sie! Nein, nein, sagte Kagraner, es ist nicht meine Art, jemanden mit Bagatellen zu beschäftigen. Aber ich bitte Sie, sagte ich, heraus mit der Bagatelle! Nein, sagte er, Sie müssen verzeihen, aber ... Kein Aber, sagte ich, als kleinen Versuch, vielleicht auf diese Weise eine Beschleunigung meiner Hinrichtung herbeizuführen, um sie endlich hinter mir zu haben, ich bestehe darauf. Sie haben mir den Mund wässrig gemacht, und es käme, wenn ich mit Verlaub drauf hinweisen dürfte, mein Herr, einer gravierenden Unfreundlichkeit, wenn nicht gar einer groben Unhöflichkeit gleich, mich jetzt da sitzen zu lassen mit wässrigem Mund. Sadistisch wäre es in jedem Fall, sagte ich. Wenn das so ist, sagte Kagraner und lachte, was mich in Bezug auf meine Hinrichtung wieder etwas optimistischer stimmte. Es ist so!, sagte ich. Na gut, sagte er, aber bitte, erwarten Sie sich nichts Besonderes. Und ich bitte Sie, sagte ich, sagen Sie einfach, was Sie sagen wollen, oder möchten Sie vorher noch einen Kaffee bestellen?, fragte ich, als ich sah, dass er die leere Tasse hob. Nein, danke, sagte er mit einem Blick in die Tasse, später, und stellte sie wieder hin. Es ist also Folgendes, sagte er. Heute früh hat meine vierjährige Tochter plötzlich zu weinen begonnen. Vollkommen unvermittelt, sagte Kagraner. Sie hat ihr Fläschchen getrunken und plötzlich sind ihr Tränen über die Wangen gelaufen. Ich habe es nicht gleich bemerkt, sagte Kagraner, umso mehr bin ich dann erschrocken. Was ist los?, hab ich gesagt, warum weinst du? Sie setzte das Fläschchen ab und sagte: Leo, ich hab von Leo geträumt, armer Leo, ich denke oft an Leo. Und wieder: Armer Leo, wo ist Leo jetzt, ich denke oft an Leo, und weinte und war nicht zu beruhigen. Entschuldigen Sie, sagte ich, wer ist Leo? Leo war unsere Katze, sagte Kagraner. Ihre Katze?, sagte ich. Ja, sagte Kagraner, ich hab Ihnen doch erzählt davon, dass wir eine Katze hatten, zwar gegen meinen Widerstand, denn ich mag keine Tiere in der Wohnung, aber die Kinder sind nicht davon abzubringen gewesen, eine zu kaufen. Nein, sagte ich, tut mir leid, davon haben Sie mir nichts erzählt. Merkwürdig, sagte Kagraner. Dann wissen Sie auch nicht, dass er aus dem Fenster gefallen ist? Wer *er?*, fragte ich. Na, Leo!, sagte Kagraner. Wir haben ihn gekauft und drei Wochen später ist er aus dem Fenster gefallen. Aus dem Fenster gefallen?, sagte ich. Wieso das? Ja, sagte Kagraner, es ist heute fast ein Jahr her. Und, sagte ich, hat er überlebt? Katzen haben ja neun Leben. Nicht unbedingt, wenn sie aus dem vierten Stock fallen, sagte Kagraner, und ausgerechnet auf eine Gehsteigkante. Aus dem vierten Stock?, sagte ich. Es war zum Glück weit nach Mitternacht und kaum ein Mensch auf der Straße. Nicht auszudenken, sagte er, wenn das bei Tag passiert wäre, unsere Straße ist sehr belebt. Und, sagte ich, hat er jetzt überlebt oder nicht? Ich bin sofort hinuntergelaufen, sagte Kagraner. Er ist auf dem Gehsteig gelegen, hat gekeucht und aus dem Maul geblutet. Aber er hat gelebt, sagte er. Er hat gejammert. Aber viel mehr gejammert hat meine Frau, sagte Kagraner. Sie hat sich Vorwürfe gemacht, das Fenster offen gelassen zu haben, es war ja Sommer, und ihn nicht zurückgeholt zu haben, als er hinausspaziert ist, in voller Überzeugung, Katzen würden auf dem Gesims schon zurechtkommen. Und was haben Sie gemacht?, fragte ich. Ihn in den Wäschekorb gelegt, auf eine Decke, ein Taxi gerufen und ins Tierspital gebracht, sagte Kagraner. Dort ist er ein paar Wochen gelegen, sagte er, und um viel Geld mehrmals operiert worden. Meine Frau und die Kinder haben ihn ständig besucht, sagte Kagraner, ständig haben sie von ihm geredet und davon, was die Ärztin gesagt hat und was nicht, ob er eine Chance hat durchzukommen oder nicht. Nichts anderes war interessant, wochenlang!, sagte Kagraner, das müssen Sie sich vorstellen!, nichts anderes als der Zustand der Katze! Und, sagte ich, ist er durchgekommen? Natürlich ist er durchgekommen, sagte Kagraner, bei den Unsummen, die wir für ihn ausgegeben haben, aber wie! Seine Hinterbeine waren gelähmt und seine Ausscheidungen hat er nicht mehr halten können. War er daheim?, fragte ich. Sobald die Ärztin gesagt hat, man könne ihn mitnehmen, hat ihn meine Frau mitgenommen und mir in die Wohnung gesetzt, sagte Kagraner, und das Desaster nahm seinen Lauf. Das müssen Sie sich plastisch vorstellen, sagte Kagraner, und ich bin sicher, dazu bedarf es keiner besonders lebhaften Fantasie. Dieser alles durchdringende und selbst durch eine immer wieder vollzogene optimale Durchlüftung der Räume um keinen Deut zu reduzierende Gestank in der Wohnung! Dieses dauernde Kotwegputzen! Haben Sie schon einmal versucht, aus welchen Gründen auch immer, sagte Kagraner, aus einem dichten Fell Kot, und zwar keine festen Bröckchen, sondern ziemlich flüssigen Kot herauszuwaschen? Nein, sagte ich, kein echter Bedarf. Aber ich!, sagte Kagraner, und nicht ein Mal! Und dauernd die Kotspuren in allen Zimmern! Denn die Vorderbeine waren ja intakt, sagte Kagraner, mit denen hat er sich etwas mühsam, aber doch durch alle Zimmer schleppen können und den Kot verteilen, den er zwar ständig versucht hat, sich vom Hinterteil wegzuschlecken, denn Katzen sind ja saubere Tiere, wie man weiß, sagte Kagraner. Und es war in gewissem Sinn auch rührend, ihm dabei zuzusehen bei seiner Mühe. Aber da hat er noch so ausdauernd daran herumschlecken können, und man hat gespürt, dass es ihm ein Anliegen ist, sie endlich weggeschleckt zu haben, diese Menge an Kot, diese Kotmassen!, so habe ich sie in Erinnerung!, aber sie waren auch für ihn nicht, auch nur annähernd!, wegzuschlecken! Es war eine Verheerung, schier unabwendbar, von nahezu biblischem Ausmaß! Hören Sie auf, sagte ich, das muss ja furchtbar gewesen sein. War es auch, sagte Kagraner, und ich habe auch gesagt und es immer wieder gesagt: Raus mit dem Vieh, es reicht, das wird nimmer. Vielleicht doch, hat meine Frau gesagt, es gibt noch eine Chance, und die Kinder haben gebettelt, ich möge bittebitte Geduld haben, es sei doch Leo, ihre Katze, und die Ärztin habe auch gesagt, man müsse Geduld haben, man müsse abwarten, vielleicht springen die Nerven doch wieder an, das brauche seine Zeit. Es ist aber nichts wieder angesprungen, sagte Kagraner. Nach zwei Monaten hat auch meine Frau einsehen müssen, dass nichts mehr wieder anspringen würde, und sich endlich damit einverstanden erklärt, ihn einschläfern zu lassen. Das war erst recht ein Drama!, sagte Kagraner. Alle gemeinsam sind wir mit Leo ins Spital gefahren und haben ihn der Ärztin übergeben, sagte Kagraner. Und drei Wochen später, sagte er, um dem ständigen Weinen und Trauern ein Ende zu setzen, haben wir bei einem Bauern zwei neue Katzenbabys erstanden. Die hoffentlich noch leben, sagte ich. Ja, sagte Kagraner, ich habe sofort, wie Sie sich unschwer denken können, jede Menge Fenstergitter montieren müssen. Und die Kinder sind glücklich, sagte ich. Natürlich, sagte Kagraner, sie lieben die Katzen heiß. Aber was mich verblüfft, sagte er, sie haben Leo nicht vergessen. Verständlich, sagte ich. Nein, sagte Kagraner, es ist nicht nur eine Erinnerung, es ist eine schmerzliche Vergangenheit. Dass ein vierjähriges Kind bereits eine Vergangenheit hat, die es beschäftigt, von der es immer wieder spricht, unter der es leidet, sagte Kagraner, verstehen Sie, das ist es, was mich eben nicht nur verblüfft. Es bewegt mich, sagte er, es bewegt mich seit heute Morgen, seit den für mich, wenn auch nur kurz, so doch erschreckenden Tränen auf der Wange meiner kleinen Tochter, und zwar auf eine mir nicht ganz erklärliche Weise. Andererseits aber durchaus normal, sagte ich, man kommt auf die Welt, und schon hat man eine Vergangenheit. Um die man schon mit vier Jahren weint, sagte Kagraner, so früh?

Womit ich, da Kagraner es bei dieser Geschichte beließ und nicht, wie ich befürchtete, doch noch auf meine Bemerkung zu sprechen kam, das Gefühl hatte, wieder einmal glimpflich davongekommen zu sein. Aber ganz sicher war ich mir nicht, ob die Sache damit auch wirklich erledigt war. Oder ob die Erzählung von der Katze seiner Tochter sich nicht gerade als die beste Möglichkeit angeboten hatte, mit einem ganz anderen, wohl ziemlich entfernt liegenden Thema das eigentliche brennende Thema nicht berühren zu müssen. Zumindest für heute. Gern hätte ich Kagraner am Ende unseres Treffens darauf angesprochen. Verschob es aber, zugegebenermaßen aus purer Feigheit, auf später.

Keine Geschichte

Oh!, sagte Kagraner, als er an den Tisch trat, ich saß an diesem Tag im hintersten Winkel des Cafés, da alle Tische, auch die auf der Terrasse, besetzt waren, es tut mir aufrichtig leid, aber es ist mir heute nicht möglich, Ihnen Gesellschaft zu leisten. Nein, nein, sagte er, es liegt nicht an Ihnen, natürlich nicht!, ich bitte Sie, mir das zu glauben. Deswegen bin ich auch hier, um es Ihnen persönlich mitzuteilen und nicht den Eindruck zu erwecken, worüber ich untröstlich wäre, sagte er, ich hätte Sie deswegen versetzt, weil mir Ihre Gesellschaft zuwider wäre. Im Gegenteil!, rief er aus, im Gegenteil! Und ich bitte Sie, das wörtlich zu nehmen! Ja, natürlich, gern, sagte ich, aber was ist geschehen? Nichts, nichts ist geschehen, sagte Kagraner, aber das strahlende Wetter! Endlich wieder strahlendes Wetter nach diesen grässlichen Tagen! Da halte ich es einfach nicht aus in geschlossenen Räumen, sagte er. Da muss ich hinaus! Da muss ich in den Stadtpark! Da muss ich über den Graben spazieren! Da muss ich den Himmel sehen! Sie mögen mich für schrullig halten ..., sagte er. Nein, nein, sagte ich. Aber ich habe gelitten!, sagte Kagraner, verstehen Sie, und wie ich gelitten habe! Ich leide immer an solchen grässlichen Tagen. Aber ich bin nicht wetterfühlig, falls Sie das meinen sollten, sagte er. Körperliche Beschwerden sind mir fremd, bei Föhneinbruch oder nassem Wetter. Weder Gelenkschmerzen noch Asthmaanfälle. Auch keine Migräne, sagte er. Es ist eher ein Gemütsverfall. Eine Art inneres Niederbrechen. Das klingt ja schrecklich, sagte ich. Ist es auch, sagte Kagraner. Und deswegen, sagte er, und es freut mich, dass Sie mir meine Unverschämtheit, Sie bloß wegen eines sonnigen Tags einfach hier sitzen zu lassen, nicht wirklich übel nehmen ... Aber keinesfalls, sagte ich. ... muss ich diesen Tag nützen, sagte er. Denn wer weiß, wie es morgen wird. Der Wettervorhersage nach …, sagte ich. Nein, nein!, bitte nicht!, sagte Kagraner. Nichts fürchte ich mehr als Wettervorhersagen, und dass ich ihnen glaube, wenn sie sagen, morgen wird es wieder ein sonniger Tag, und dann ist es kein sonniger Tag, sondern ein trüber und regnerischer, und die Wolken drücken gegen die Scheiben, und da kann ich mich noch so verkriechen … Ach, rief er aus, nur nicht apokalyptisch werden!, lachte und lief, mir noch einmal zuwinkend, aus dem Lokal.

Diese demonstrative Art Kagraners, mich dermaßen überraschend mit seiner plötzlichen Lebenslust zu konfrontieren, erschien mir dann doch etwas zu aufgesetzt und eher als eine Inszenierung von Lebenslust als diese selber. Eine Inszenierung, die ich gut verstehe, zu der ich, in letzter Zeit sogar häufiger als früher, selber neigte und die man, wie ich daher aus eigener Erfahrung wusste, bedauerlicherweise auch nicht lange aufrechtzuerhalten imstande war. Vor allem, wenn man allein damit ist. Sodass es nicht nur für Kagraner sinnvoller, sondern in diesem Fall auch für mich erfreulich gewesen wäre, ich hatte nach diesen trüben Tagen durchaus ebenfalls ein Bedürfnis nach Sonne, hätte er mich dazu eingeladen, mit ihm zu kommen. Dann hätten wir beide inszeniert und beide größten Wert darauf gelegt, die Inszenierung einen ganzen Nachmittag lang als solche nicht auffliegen zu lassen. Im Gegenteil. Wir hätten sie weiter, einander übertrumpfend, mit den schönsten Momenten ausstaffiert, mit den überzeugendsten Attributen versehen, mit unseren erhabensten Gefühlen für den Frühling, mit unseren glücklichsten Jugenderinnerungen und den erfreulichsten Aussichten, vielleicht abschließend auch mit einem Abendessen auf der Terrasse der Meierei im Stadtpark mit Sonnenuntergang und reichlich Wein. Sodass die Inszenierung bei diesem Aufwand, den wir gemeinsam betrieben hätten, beide darauf bedacht, ja keine Erschöpfung, ja keine Schwäche aufkommen zu lassen, als solche vielleicht doch kurz in Vergessenheit geraten wäre und stattdessen vielleicht doch so etwas wie Lebenslust hätte aufblitzen können, wenn meinetwegen auch nur in Form einer der üblichen, aber diesmal möglicherweise ungewohnten und ungewöhnlich starken Erinnerung an sie.

Das Schönwetter schien jedenfalls nicht nur Kagraner und den Arbeitern, sondern auch mir neue Energien zu verleihen und mich zu neuen Ideen anzuregen. Denn als jener Teil des Daches, den es zu renovieren galt, abgedeckt war und ich den Dachraum so offen vor mir sah, dachte ich, aber erst später, auf der Terrasse des Cafés, nachdem ich meinen Kaffee ausgetrunken hatte und einigermaßen entspannt in die Sonne blinzelte, warum nicht gleich den Dachboden zu einer Mansarde ausbauen, von der aus ich einen schönen Blick über die Häuser der Siedlung bis weit hinein ins Stadtzentrum und noch darüber hinaus haben würde. Der Architekt, mit dem ich sofort die Möglichkeiten einer Umsetzung meiner Idee erörterte, fand die Idee gut, wunderte sich nur, dass ich nicht schon früher darauf gekommen war. Die Umsetzung sei leicht zu bewerkstelligen. Pläne würde er mir demnächst vorlegen. Die Vorstellung, dort oben am Fenster zu sitzen und eine Aussicht zu haben, die ich noch nie hatte, beflügelte mich über die Maßen. Was ich gern auch Kagraner mitgeteilt hätte. Aber wie ihm das mitteilen, wo wir doch noch nie über mich oder die Baustelle gesprochen hatten.

Inzwischen funktionierte auch die Satellitenschüssel bestens, und ich sah die ersten englischen Fußballspiele in tadelloser Übertragung. Noch dazu stellte sich heraus, dass der Installateur, der das Badezimmer zu meiner vollen Zufriedenheit mit einer Duschkabine versehen hatte, ebenfalls ein Fan englischer Fußballspiele war, mit kaum einer Möglichkeit, eines zu sehen, sodass er sich sehr erfreut zeigte, als ich ihm vorschlug, sich demnächst eines bei mir anzuschauen. Er würde eine gute Flasche Wein mitbringen, einen international prämierten Grünen Veltliner seines Schwagers, eines bekannten Winzers aus der Kremser Gegend.

Die Geschichte von den Wimpern

Das Rätsel ist gelöst, sagte Kagraner, gleich nachdem er sich gesetzt hatte. Was für ein Rätsel?, fragte ich. Das Rätsel mit dem Kinderwagen, sagte er. Kinderwagen?, sagte ich, was für ein Kinderwagen? Einen Moment bitte, sagte er. Nein, sagte er zum Kellner, Kaffee später. Einen kleinen Kognak hätte ich gern, zur Feier des Tages. Darf ich Sie auch auf einen einladen? Aber gern, sagte ich. Dann bitte zwei Kognaks, sagte er. Also, sehen Sie, sagte er, als mein Sohn geboren wurde, da haben wir uns ja leider noch nicht gekannt, sagte Kagraner, tauchte in unserer Straße regelmäßig ein weiterer Kinderwagen auf, ebenfalls mit einem Neugeborenen. Was aber meine Aufmerksamkeit erregte, war, sagte Kagraner, dass, während mein Sohn im Kinderwagen deutlich sichtbar war, selbst wenn er schlief, vor allem an wärmeren Tagen, im anderen Wagen niemand zu sehen war, der zwar immer gefüllt war mit Decken, selbst an besagten wärmeren Tagen, sodass man vermuten konnte, irgendwo darunter liegt ein Kind, aber auch wenn ich noch so flink war und im Vorbeigehen einen Blick in den Wagen warf, und Sie können mir glauben, sagte Kagraner, ich hatte schon eine beachtliche Virtuosität entwickelt darin, einen flinken Blick in den Wagen zu werfen, war es mir unmöglich, unter dem sommers wie winters aufgespannten Wagendach hinter dem hinteren Ende der Decken auch nur den Deut eines Köpfchens zu sehen. Meine Frau sagte, das Kind müsse, wo es doch so alt sei wie unseres, schon längst sitzen, und, ein paar Monate später, das Kind müsse doch wie unseres schon längst laufen. Und immer aufs Neue berichtete meine Frau, sie habe zwar die Frau mit dem Kinderwagen gesehen, aber nicht, was drin sei. Und ich berichtete, dass ich ebenfalls den Kinderwagen gesehen hätte, aber mit einer jüngeren Frau, und ebenfalls ohne zu sehen, was drin sei. Da wirst du dich getäuscht haben, sagte meine Frau. Aber warum sollte ich mich getäuscht haben, sagte ich, sagte Kagraner, diesen Kinderwagen erkenne ich unter hundert anderen Kinderwagen blind wieder. Dann war es die Mutter, sagte meine Frau, und die andere die Großmutter, und tippte auf ein weiteres Neugeborenes. Ich tippte auf Schwindel. Ich sagte, das seien zwei geistesgestörte Frauen, die sich ein Kind wünschten und ihren Wunsch darin erfüllt sähen, abwechselnd einen leeren Kinderwagen, dessen Inneres sie so drapierten, als läge ein Kind darin, spazieren zu führen. Na und, sagte ich, schon etwas ungeduldig und begierig darauf, das Geheimnis dieses Kinderwagens gelüftet zu sehen, was war es denn, haben Sie endlich erfahren, ob etwas drin ist oder nicht? Ja, sagte Kagraner, heute. Denn heute gehe ich hinter zwei Damen her, von denen eine einen Kinderwagen schiebt, worauf ich normalerweise nicht im Geringsten zu achten pflege. Und da, die Ampel steht auf Rot, befinde ich mich plötzlich auf gleicher Höhe mit dem Kinderwagen. Hinzufügen sollte ich vielleicht noch, sagte Kagraner, dass es mir nie geglückt ist, in die gleiche Richtung wie die Frauen mit dem Kinderwagen zu gehen, sodass ich auf gleicher Höhe mit ihnen ein Stück des Weges hätte gehen können und in Ruhe das Innere des Kinderwagens betrachten. Immer ist mir die eine oder die andere Frau mit dem Kinderwagen entgegengekommen, sodass ich wenig Zeit hatte, genau genommen nur jenen Bruchteil einer Sekunde, in dem wir uns auf gleicher Höhe befanden, um einen Blick in den Wagen zu werfen, wobei es mir sowieso unmöglich gewesen wäre, auf gleicher Höhe etwas zu sehen, da der Seitenteil des aufgespannten Dachs die Sicht in den interessanteren hinteren Teil des Wagens verdeckte. Jaja, sagte ich, also, was war es? Bei der Ampel also, sagte Kagraner, erkannte ich sofort, das sind die beiden Frauen, die ich, wie mir in diesem Moment auffiel, tatsächlich schon sehr lange nicht mehr gesehen hatte, und da ist der Kinderwagen, der aber diesmal ein anderer Kinderwagen war, nämlich ein offener im Unterschied zum bisherigen geschlossenen, sodass ich nicht nur jetzt bei der Ampel, sondern auch im Vorbeilaufen wie bisher, also im Aufeinanderzulaufen, mit großer Wahrscheinlichkeit hätte sehen können, was drin ist. Und was war drin?, fragte ich. Ein offener Mund, sagte Kagraner, ein Kind in der Größe unseres doch inzwischen fünfjährigen Sohnes, flach auf dem Rücken liegend, den Kopf schief, leicht nach hinten gebogen, zur Seite gelehnt, die Füße mit Schuhen standen vorne über den Kinderwagen hinaus, und, was mich besonders erschreckte, sagte Kagraner, mit Händen größer als die Hände meines Sohnes, die, die gespreizten Finger ausgestreckt, links und rechts über die Wände des Kinderwagens weit hinausragten. Und als sie bei Grün losgingen, ging ich hinterher, sodass ich zwischen den beiden Frauen durch besser auf den Wagen und auf den Kopf des Kindes sehen konnte und auf die Wimpern, die ich so erst jetzt wirklich sah, im Profil, und die, ungewöhnlich lang und schwarz, auf- und niedergingen. Wunderschöne Wimpern, sagte Kagraner. Verstehen Sie, da liegt ein Kind, im Alter meines Sohnes, das sich nicht rührt, mich ansieht, mit offenem Mund, und wunderschöne, lange und schwarze Wimpern gehen auf und nieder.

Die Geschichte vom möglichen Aussterben der Völker

Jetzt weiß ich, was es im Grunde für eine Bewandtnis hat, sagte Kagraner beim nächsten Treffen, für mich etwas überraschend, kaum dass er an den Tisch herangetreten war, mit der in weiten Teilen der Welt immer noch üblichen und selbst bei uns durchaus noch anzutreffenden Ächtung der sexuellen Lust vor allem der Frauen. Wie bitte?, sagte ich. Ich las eben die Sportseite und wollte Kagraner, den ich schon auf mich zukommen sah, auf einen Artikel über die neuesten Entwicklungen in der Bestechungsaffäre der FIFA, des Weltfußballverbands, aufmerksam machen. Sie haben richtig gehört, sagte Kagraner, denn Sie wissen ja, dass meine Frau unbedingt noch ein Kind haben möchte. Nein, sagte ich. Wissen Sie nicht?, sagte Kagraner. Doch, möchte sie, sagte er, und unbedingt, und dazu ist nicht nur der Eisprung nötig, sondern, wie allgemein bekannt, auch das rechtzeitige Auftreten des Samens, und rechtzeitig heißt: ein mit dem Eisprung gleichzeitiges Auftreten des Samens. Oder ist das nicht allgemein bekannt? Doch, sagte ich, natürlich. Der Samen hat also im richtigen Augenblick in den Sprung des Eis hineinzuspringen und so mit dem Ei zu kollidieren. Ist das richtig?, sagte Kagraner. Ja, sagte ich, so könnte man es ausdrücken. Sehen Sie, sagte Kagraner, nun ist es doch so, wie Sie sicher wissen, dass, um diese Kollision zu ermöglichen, in den Tagen, in denen der Eisprung stattfindet, auch der Beischlaf stattfinden soll. Und wenn man nicht genau weiß, wann das Ei springt, muss man halt, um sicherzugehen, dass man es erwischt, jeden Tag, für gewöhnlich vier bis fünf Tage hintereinander, den Beischlaf stattfinden lassen. Ist das auch so weit richtig? Ja, sagte ich, durchaus. Nicht dass ich nicht vier bis fünf Tage hintereinander beischlafen könnte, sagte Kagraner, das möchte ich betonen, aber nicht, und das bitte ich Sie, mir zu glauben, um damit besondere Fähigkeiten meinerseits herauszustreichen. Diese Fähigkeiten hat doch bald jemand. Aber unter dem Aspekt, es müssen unbedingt diese vier bis fünf Tage sein, und es wird ja nicht einfach beigeschlafen, sondern es muss womöglich ein Kind dabei herausspringen, kann das vier bis fünf Tage hintereinander stattfindende Beischlafen, Beischlafenmüssen!, mitunter doch eine ziemliche Qual sein. Und man kann sich ja nicht einfach Tage freinehmen. Und man nimmt sich auch keine Tage frei. Was zur Folge hat, sagte Kagraner, dass man dem üblichen Stress weiterhin rücksichtslos ausgeliefert ist, all den Terminschwierigkeiten, ungeahnten Verspätungen, Unpässlichkeiten, Streitereien in der Firma, Ermüdungen. Hab ich nicht recht? Doch, doch, sagte ich. Denn hätte man sie geahnt, sagte Kagraner, all die plötzlich auftretenden Terminschwierigkeiten, Verspätungen, Streitereien, hätte man sich, um die Sache endlich hinter sich zu haben, vielleicht doch freigenommen, hätte man vielleicht doch einen kleinen Urlaub anberaumt oder sich sonst wie in eine günstigere Lage versetzt. So aber, sagte Kagraner, ist das, gelinde gesagt, nicht nur eine Qual, es ist ein Massaker. Denn es ist leider so, sagte er, dass meine Frau, was Sie sicher auch nicht gewusst haben, was Sie aber wissen könnten, weil es bei den meisten Frauen so ist, um einiges länger braucht für ihre sexuelle Zufriedenstellung als ich. Was ja an sich kein Problem ist, sagte Kagraner, ich halte es schon durch bis dorthin. Ein Problem wird es nur dann, sagte er, wenn die genannten Widrigkeiten gerade an diesen Tagen derartig ins Unerträgliche anwachsen, und sie wachsen immer wieder justament an diesen Tagen ins Unerträgliche an!, dass es mir wirklich schwerfällt durchzuhalten, verstehen Sie? Durchaus, sagte ich. Zwar war ich der Meinung, beziehungsweise ich habe es heimlich gehofft, sagte Kagraner, dass die Kinderproduktion nun im Vordergrund stehen würde und alles andere, zum Beispiel die Zufriedenstellung meiner Frau, in den Hintergrund rücken. Aber nicht daran zu denken!, sagte Kagraner. Die Zufriedenstellung meiner Frau steht weiter im Vordergrund! Zumindest habe ich das Gefühl, und das trügt mich nicht, lieber Freund! Es trügt mich nicht, sagte Kagraner, dass es meine Frau wünscht, ihre Zufriedenstellung weiterhin im Vordergrund stehen zu haben. Wobei ich ja umgekehrt die meine nicht in den Hintergrund rücken kann, weil sie ja mit dem Samenerguss zusammenfällt, sagte Kagraner, und um den geht es doch! Oder fällt Ihr Samenerguss nicht mit Ihrer Zufriedenstellung zusammen? Doch, doch, sagte ich. Und das, sagte Kagraner, ist der springende Punkt! Denn das Ei meiner Frau springt auch ohne Zufriedenstellung, aber mein Samen nicht. Ist es nicht so? Sehen Sie, sagte Kagraner, genau dieser Meinung scheint meine Frau nicht zu sein und besteht darauf. Worauf?, fragte ich. Worauf?, sagte Kagraner. Ja, sagte ich, worauf besteht sie? Auf ihre Zufriedenstellung, sagte Kagraner, auf ihre sexuelle Zufriedenstellung. Verstehen Sie nicht, was ich meine? Doch, doch, sagte ich rasch, ich dachte nur … Das bedeutet, sagte Kagraner, ich bin doppelt gefordert. Inwiefern?, fragte ich. Inwiefern?, sagte er. Ja, sagte ich, inwiefern doppelt? Weil ich erstens zum Samenerguss kommen muss, um das Kind zu zeugen, sagte Kagraner, und zweitens meine Frau zufriedenstellen. Die ich aber, und das verkompliziert alles in allerhöchstem Maße, sagte Kagraner, für gewöhnlich vor dem Samenerguss zufriedenstelle, weil hinterher, nach dem Samenerguss, möglicherweise nicht mehr alles so beschaffen ist, wie es für die Zufriedenstellung einer Frau vonnöten wäre, verstehen Sie, was ich meine? Natürlich, sagte ich, ich verstehe sehr gut. Müsste ich nicht darauf achten, auch meine Frau zufriedenzustellen, sagte Kagraner, könnte ich sehr schnell zu einem Samenerguss kommen und die Sache wäre erledigt, und Punkt! Ist das verständlich?, sagte er. Sie wissen, wovon ich rede? Natürlich, sagte ich, und was bedeutet das? Was bedeutet was?, fragte Kagraner und sah mich etwas verwundert an. Was Sie eben sehr verständlich erklärt haben, sagte ich, was bedeutet das für Sie und Ihre Frau? Für meine Frau und mich?, sagte Kagraner. Ja, sagte ich. Nichts, sagte Kagraner, nichts bedeutet das für meine Frau und mich. Sie wird sich nicht danach richten. Die Bedeutung meiner Überlegungen besteht vielmehr darin, sagte Kagraner, dass ich jetzt zu wissen glaube, worauf die immer noch weit verbreitete Ächtung der sexuellen Lust der Frau beruht, worauf sie im Grund zurückzuführen ist, und zwar von alters her. Auf die Angst der Männer, den Samenerguss nicht zu schaffen, sagte ich. Richtig, sagte Kagraner, womit nämlich, und das ist das Erschreckende und in seinen Konsequenzen nicht Auszudenkende!, sagte er, die Kinderproduktion nicht nur Gefahr laufen würde, verzögert zu werden, sondern im schlimmsten Fall überhaupt verhindert. Denn die Frage ist doch, sagte Kagraner, ob der Mann, wenn er so lange arbeiten muss, bis die Frau, Sie verzeihen meine etwas vulgäre Ausdrucksweise!, endlich kommt, überhaupt noch in der Lage ist, eben auch nach den Anstrengungen des Tages, einen Samenerguss zustande zu bringen. Es gibt doch, sagte Kagraner, und da möchte ich meine Erfahrungen durchaus miteinfließen lassen, und Sie werden sicher ähnliche beizusteuern wissen!, nach einem, sagen wir, halbstündigen Beischlaf jede Menge möglicher Abbruchursachen, wie einfache körperliche Erschöpfung, Überreizungen, plötzliche Empfindungslosigkeit, ein unangenehmer Gedanke an morgen, nicht zu vergessen die psychischen und emotionalen Folgen wie wachsende Ungeduld und wachsendes Desinteresse oder ein plötzlich auftretender Groll auf die Frau, die, Sie verzeihen, wenn ich das so ausdrücke, da liegt, einen werken lässt und selber nicht weitertut. Und dies ist ja, wie ich meine, sagte Kagraner, aber vielleicht liege ich da ganz falsch, nicht nur bei Fünfzigjährigen der Fall, sondern durchaus auch schon bei Jüngeren in einem herkömmlich für Kinderproduktion durchaus vorgesehenem Alter. Denn eine um sich greifende Unfähigkeit der Männer zum Samenerguss nur deswegen, sagte Kagraner, weil die Frauen auch bei der Kinderproduktion auf ihre Lust bestehen, ohne Rücksicht auf eine eventuelle darauf folgende Samenergussunfähigkeit ihrer Männer, hätte in manchen Zeiten und Ländern, und davon bin ich überzeugt!, sagte Kagraner, ganze Stämme und Völker unweigerlich zum Aussterben gebracht. Denn wie hätte das gehen sollen?, sagte Kagraner. Die Männer kommen von der Jagd, vom Krieg, ausgepowert, verletzt und halb tot, ähnlich wie heute nach einem anstrengenden Tag, womöglich noch gequält von sexualneurotischen Versagensängsten und Stresszuständen, und sollen sich nun, wenn nicht gerade stundenlang, so doch eine Weile der Zufriedenstellung der Frau widmen anstatt der möglichst raschen Beschaffung von Nachwuchs? Das hätte nicht gut gehen können, sagte Kagraner, nie und nimmer hätte das gut gehen können. Sind Sie nicht auch der Meinung? Doch, doch, sagte ich schnell. Wirklich?, sagte Kagraner. Jaja, sagte ich. Da bin ich aber froh, sagte Kagraner, dass Sie das sagen, und tätschelte mir freundschaftlich den Arm, ich dachte schon, ich werde alt.

Etwas anstrengend und kurios die überraschende Vorlesung Kagraners. Aber ich muss gestehen, aufgrund meiner eigenen Erfahrungen, durchaus nicht unplausibel. Ich selbst hatte schon ähnliche Gedanken, würde sie aber nie jemandem vortragen, aus Angst, ebenso anstrengend und kurios zu erscheinen, wenn nicht gar schrullig oder senil. Diese Nachwuchsbeschaffungsgeschichte hatte mich daher auch kaum interessiert. Überhaupt interessierte mich nicht jede Geschichte Kagraners im gleichen Maße. Und nicht jede befand ich für wert, aufgeschrieben zu werden. Eigentlich schrieb ich die wenigsten auf. Auch wenn ich es später gelegentlich bedauerte, gerade diese oder jene nicht aufgeschrieben zu haben. Und auch für Kagraner, so mein Eindruck, war nicht jede Geschichte von gleicher Wichtigkeit. Gleich schien für ihn aber das Vergnügen zu sein, mit dem er sie erzählte, und die Dringlichkeit, mit der er sie erzählen musste, auch die unwichtigste. Aber wieso ausgerechnet mir? Und woher diese Dringlichkeit? Und wieso neuerdings dieses anhaltende, nahezu bohrende Insistieren auf unsere Treffen? Er forderte sie richtiggehend ein, bekniete mich, ging mit mir Tag für Tag der kommenden Wochen durch, um herauszufinden, wann ich wieder Zeit hätte, verlangte Rechenschaft, wieso ich an diesem Tag nicht abkömmlich sei, welche Termine ich hätte, wieso ich unbedingt an diesem und nicht am nächsten Tag zum Arzt gehen könne, und wieso ich es mir gefallen ließe, von meiner Firma schon wieder zu Überstunden verdonnert zu werden. Sodass ich einmal, um mir Luft zu verschaffen, wie ich dachte, zu einem Treffen, das er mir abgepresst hatte, nicht hinging und sogar das Kaffeehaus, immerhin mein Stammlokal, mehrere Tage mied. Aber als ich es doch wieder betrat, saß er da, als wäre er die ganze Zeit dagesessen, und überhäufte mich, wenn auch sehr höflich, mit Vorwürfen, die ich auch mit Hinweisen auf unaufschiebbare Arbeiten, die ich ja tatsächlich hatte, ohne dass Kagraner Genaueres darüber wissen wollte, kaum zu entkräften in der Lage war. Was zur Folge hatte, dass mir schon der Gedanke daran, eine Vereinbarung nicht einzuhalten, nicht nur ein schlechtes Gewissen, sondern die nackte Angst einjagte, er könnte, nachdem er mich im Café nicht angetroffen hatte, obwohl er meine Adresse nicht kannte, plötzlich vor meiner Tür stehen mit den Worten: Was bilden Sie sich ein, sich zu Hause zu verstecken, während ich auf der Terrasse des Cafés sitze und warte, um Ihnen meine neue Geschichte zu erzählen! Wobei sein Vergnügen, sie zu erzählen, ja durchaus meinem Vergnügen entsprach, sie zu hören.

Aber als mich Kagraner mit seinem Beharren auf unsere Treffen immer öfter auch von den Premier-League-Spielen abzuhalten begann, wie unlängst vom Spiel Arsenal gegen Southampton, und mich noch dazu zwang, mir das entscheidende Rückspiel der beiden unter schweren Attacken meines schlechten Gewissens anzusehen, bei den besten Szenen verspürte ich einen Stich, der mich darauf hinwies, dass ich offenbar unzulässig auf Kosten Kagraners diese Szene genoss, ging mir seine Einmischung und seine nahezu räuberische Inanspruchnahme meiner Privatsphäre doch zu weit.

Aber ich wusste noch nicht, wie ich darauf reagieren könnte, ohne ihn zu sehr vor den Kopf zu stoßen. Erst die nächste Geschichte schlug dem Fass den Boden aus, und ich sah ein, ich musste reagieren, Gefahr war in Verzug.

Die Geschichte von der Aktentasche

Sie werden es nicht glauben, sagte Kagraner, nachdem er, schon von weitem heftig gestikulierend, endlich bei meinem Tisch angekommen war, ich habe Ihre Aktentasche gesehen! Meine Aktentasche?, sagte ich. Die meines verschollenen Freundes, sagte er. Wo? Wann?, fragte ich. Bei einer Demonstration, sagte er. Bei einer Demonstration?, sagte ich. Bei welcher Demonstration? Das kam so, sagte Kagraner und setzte sich. Letzten Samstag, kurz nach dem Regen, Sie erinnern sich, dass es letzten Samstag geregnet hat? Nein, sagte ich. Jedenfalls kurz nach dem Regen, sagte er, beschloss ich, doch noch aufzubrechen, um mir in der Inneren Stadt, in einem ganz speziellen Geschäft, das ich bevorzuge, sagte er, neue Schuhe zu kaufen, als ich vollkommen überraschend in eine Demonstration geriet. Genauer gesagt, ich bog um die Ecke und stieß auf eine Menschenansammlung, die mir den Weg versperrte. Es war, wie ich mich auch sofort erinnerte, ich hatte es in der Zeitung gelesen, eine Protestveranstaltung gegen die Justiz. Die in dieser Korruptionsgeschichte zu lasch ermittelt, sagte ich, oder? Genau, sagte Kagraner, aber egal. Denn gerade als ich nach einer der Seitengassen hin ausweichen wollte, aber nicht dass Sie glauben, ich hätte vor den Demonstranten fliehen wollen und diesen Ex-Finanzminister samt Komplizen am liebsten nicht auch in aller Öffentlichkeit als Dieb und Gierhals bezeichnet, der unverzüglich ins Gefängnis gehört!, sagte Kagraner, aber der Geschäftsschluss nahte, es war Samstag, und ich hatte mir vorgenommen, nach etlichen Aufschüben in den Wochen davor, mir endlich diese Schuhe zu kaufen, ehe ich, wie meine Frau immer zu sagen pflegte, Sie kennen diesen Ausdruck sicher!, sagte Kagraner, neben meinen Schuhsohlen gehen würde. Aber da sah ich, sagte er, eben, als ich in die Seitengasse einbiegen wollte, die Aktentasche! Sie tauchte auf und verschwand, je nachdem, wie sich die Menschen bewegten, wie sich der Träger der Tasche zwischen den Menschen bewegte. Sofort versuchte ich der Tasche näher zu kommen, was aber, wie Sie sich vorstellen können, sagte Kagraner, nicht leicht war. Ständig schob sich jemand dazwischen, ständig stieß ich auf Gruppen, die eng beisammen standen, diskutierten und mich nicht durchließen. Bis mir plötzlich vorkam, sagte Kagraner, aus einer bestimmten Perspektive, in einem bestimmten Licht an diesem anbrechenden Abend, inmitten der Scheinwerfer und Blitzlichter, es wäre nicht nur die Aktentasche meines Freundes, es wäre mein Freund selber, und ich glaubte sogar in den wenigen Momenten, in denen ich mehr von dem Mann sah, sagte Kagraner, bestimmte Bewegungen zu entdecken, die mich an meinen Freund erinnerten, oder mir nahelegten, mich an dieselben als genau diejenigen meines Freundes zu erinnern. Wobei ich jetzt, bei Lichte besehen, sagte Kagraner, wenn Sie gestatten, durchaus der Meinung bin, so traurig und ärgerlich es auch sein mag, auch demütigend, sagte er, ja, auch demütigend, dass ich beim besten Willen nicht mehr in der Lage bin, mich wirklich an seine Bewegungen erinnern zu können. Aber es gibt Momente, sagte Kagraner, da ist dieses Bei-Lichte-Besehen vollkommen außer Kraft gesetzt, und man besteht darauf, wider jegliche Vernunft, wider jegliche Erfahrung, sich tatsächlich ganz genau an das zu erinnern, an was man sich gar nicht erinnert, an das man sich nur erinnern will. Und man lässt nicht locker, wie ich in diesem Moment auf keinen Fall habe locker lassen wollen. Und die Schuhe waren vergessen, sagte Kagraner. Wieder ein Aufschub des Schuhkaufs, den mir meine Frau sicher übelnehmen würde, dachte ich in diesem Augenblick nicht. Noch dazu sprach mich plötzlich jemand an, sagte Kagraner, ein Bekannter von Victor, der sich erfreut zeigte, mich hier zu sehen. Ja, das seien wir Victor und seinem Filmprojekt wohl schuldig, meinte er, das genau jetzt, wäre es realisiert worden, von eminenter Bedeutung hätte sein können. Und dass er es jetzt selber realisieren wolle und daher Victors recherchiertes Material unbedingt finden müsse. Aber weder bei Victor daheim noch in seiner Firma sei es aufzufinden gewesen. Ob ich nicht vielleicht Näheres wisse. Ich sei doch Victors Freund gewesen, mir hätte sich Victor doch anvertraut. Ob ich ihm nicht Namen nennen könne. Ob ich nicht selber Lust hätte, an dem Projekt mitzuarbeiten. Nein, sagte ich ununterbrochen, sagte Kagraner, nein und wieder nein! Aber es nützte nichts, ich konnte ihn, so dicht aneinandergedrängt in der Menschenmenge, nicht abschütteln. Was mir aber auf einmal aus einem ganz anderen Grund vordringlich, extrem vordringlich zu sein schien. Nicht wegen des Mannes mit der Aktentasche, sagte Kagraner, den hatte ich aus den Augen verloren, sondern, und Sie werden es sicher erraten!, sagte er, wegen des Mannes mit dem hellen Sakko. Nein!, sagte ich, wieso das? Wegen Victors Film, sagte Kagraner, wegen des Themas! Wegen des blödsinnigen Materials! Verstehen Sie? Automatisch dachte ich, sagte Kagraner, als ich hörte *Material* und *Victor: Mann* und *helles Sakko!* Und schon schaute ich mich um, panisch, nach einem Mann mit hellem Sakko. Und sicher, sagte Kagraner, es gab viele mit hellem Sakko, die um mich herumstanden. Aber keiner stand da, wie der damals dagestanden war, und keiner rauchte eine Zigarette, wie der sie damals geraucht hatte. Wie sollte er auch wissen, dass Sie da sind, sagte ich, falls er nicht immer schon, und ich bitte Sie, mir nicht böse zu sein!, eine Art Einbildung von Ihnen gewesen ist. Auf keinen Fall!, rief Kagraner aus. Wäre aber verständlich, sagte ich rasch, bei dem Schock nach dem plötzlichen Tod Ihres Freundes. Aber deshalb halluziniere ich doch nicht!, sagte Kagraner. In außergewöhnlichen Zuständen neigt man aber mitunter dazu, sagte ich, eine Wirklichkeit so zu interpretieren, dass man ... Verzeihung, dass ich Sie unterbreche, sagte Kagraner, aber ich kann Sie beruhigen, ich neige, soviel ich weiß, nicht im Geringsten zu widersinnigen, aller Realität Hohn sprechenden Interpretationen oder sonstigen absonderlichen Weltsichten und Geistererscheinungen, auch in noch so außergewöhnlichen Zuständen. Was ich in dieser Weise auch nicht behaupten wollte, sagte ich, und ich bitte um Entschuldigung, falls ich das irgendwie missverständlich ... Sehen Sie, sagte Kagraner, vielleicht haben Sie recht, vielleicht aber auch nicht. Für diesen Abend haben Sie recht. Denn den Mann im hellen Sakko gab es tatsächlich an diesem Abend nicht. Und ich war froh, sagte Kagraner, wie Sie sich vorstellen können, dass es ihn nicht gab und dass ich mich voll der Befreiung aus der Umklammerung dieses unsäglichen Bekannten widmen konnte. Was mir aber erst auf dem Platz vor dem Justizministerium gelang, sagte Kagraner, als die Demonstration zum Stehen kam, sich die Menge etwas auflockerte und ich mit ein paar raschen Schritten zwischen den Menschen hindurch seitlich entwischen konnte. Aber, sagte Kagraner, da sah ich plötzlich meinen Mann mit der Aktentasche, der ebenfalls die Menge verlassen hatte, eilig die Straße hinunterlaufen. Und ich, sagte Kagraner, nichts wie hinterher! Aber was sollte ich tun? Sollte ich ihn ansprechen? Wie ich Sie damals angesprochen hatte? Weswegen ich übrigens in der Folge, was ich Ihnen noch nie erzählt habe, sagte Kagraner, von den größten Gewissensbissen geplagt wurde. Von Gewissensbissen?, sagte ich. Ja, sagte Kagraner, aus Scham! Jemanden anzusprechen wegen einer Aktentasche! Wie muss ich in Ihren Augen gewirkt haben? Was werden Sie über mich gedacht haben? Kann ich mich jemals in diesem Café wieder blicken lassen, dachte ich, ohne Gefahr zu laufen, Ihnen zu begegnen und Ihren mitleidigen, womöglich verächtlichen Blicken ausgesetzt zu sein? Aber ich bitte Sie, sagte ich, wie kommen Sie auf diese Idee! Und es fiel mir nicht leicht, sagte Kagraner, dieses Café wieder zu betreten. Dabei ist es immerhin ein Café, in dem es ja durchaus nicht abwegig ist, jemanden anzusprechen. Aber mitten auf der Straße?, sagte Kagraner. Sollte ich hingehen und sagen, bitte um Entschuldigung, darf ich einen kurzen Blick in das Innere Ihrer Aktentasche werfen? Wäre das bei hereingebrochener Nacht auf dunkler Straße nicht beinahe ein obszönes Ansinnen? Und wozu auch?, sagte er. Vielleicht war es die gleiche Tasche, gut möglich, aber der Mann, wenn auch im passenden Alter und mit gewissen Ähnlichkeiten, bei näherem Hinsehen durchaus nicht mein Freund. Was haben Sie also gemacht?, fragte ich. Nichts, sagte Kagraner, überlegt, was ich meiner Frau sage, angesichts der Tatsache, dass ich wieder ohne neue Schuhe heimkomme. Und, fragte ich, was haben Sie ihr gesagt? Das erzähle ich Ihnen nächstes Mal, sagte Kagraner.

Jetzt hatte ich es wirklich satt. Kagraner nervte mich, so ungern ich es auch zugeben wollte, extrem mit seinem Mann im hellen Sakko. Ständig erwähnte er ihn. Eben hätte er ihn auf dem Stephansplatz gesehen, gestern Ecke Graben Tuchlauben, vor einer Woche im Stadioncenter auf der Rolltreppe, hoffentlich sehe er ihn heute nicht wieder im Stadtpark auf der anderen Seite des Teichs. Und auch mit seiner Aktentasche langweilte er mich zusehends. Einmal entdecke er sie in einem Taxi, dann von der Schnellbahn aus am Bahnsteig, dann in einem Fernsehfilm. Ich hätte sie ihm doch mitbringen sollen, dachte ich. Vielleicht hätte es ihm geholfen, sie daheim zu betrachten, sie daheim öffnen und schließen zu können und sie bei Bedarf auf dem Schoß zu halten. Vielleicht hätte er sie dann nicht überall sonst sehen müssen und mir davon berichten. Hatte er nichts Interessanteres zu erzählen?

Sodass ich beschloss, nachdem ich mich beherrscht hatte und nicht, wie beabsichtigt, mitten in seiner Erzählung aufgestanden war, um das Kaffeehaus zu verlassen, die Treffen mit Kagraner einzuschränken. Auch wegen der Arbeiten, die nun bei Schönwetter an allen Ecken und Enden des Hauses voll in Gang gekommen waren und meine Anwesenheit erforderten. Zumal ich, wenn es meine Zeit erlaubte und gerade niemand in meiner unmittelbaren Umgebung hämmerte und sägte, gern die Gelegenheit ergriff, die im Rohbau befindliche Mansarde aufzusuchen, um am Fenster zu stehen und über die Stadt hinaus in die Ferne zu blicken, wo ich an klaren Tagen weit ins Wiener Becken hinaussehen konnte und stundenlang hätte stehen können, ohne an Kagraner und das Kaffeehaus zu denken.

Dann aber, an einem Wochenende, ich hielt es nicht lange aus ohne Kagraner und ohne das Kaffeehaus und die Terrasse, auf der mich aufzuhalten und Kaffee zu trinken mir immer schon ein ganz besonderes Vergnügen war, erzählte mir Kagraner, der immer da zu sein schien und auf mich zu warten, eine Art Fortsetzung seiner Victor-Geschichte, zu der ich ihm selbst Anlass gab und in der nicht nur Victor, sondern vor allem Kagraners Frau eine größere Rolle spielte, was ich plötzlich enorm spannend fand, und zwar folgende:

Die Geschichte vom Rauchen

Oh, sagte Kagraner, als er an meinen Tisch trat, Sie rauchen ja! Gelegentlich, sagte ich, wenn ich in guter Stimmung bin, und ich war in guter Stimmung, denn Swansea City hatte Sunderland 3:1 geschlagen und die neuen Fenster im Parterre waren endlich eingesetzt und ohne die Probleme wie tags zuvor bei den Fenstern in der Mansarde. Aber wenn es Sie stört ..., sagte ich. Keinesfalls, sagte Kagraner, Sie wissen doch, ich rauche ja selbst gelegentlich. Aber interessant, sagte er, dass Sie auch für eine Zigarette und nicht so wie ich für eine Zigarre, was mitunter verständlicher erscheinen mag, eine gute Stimmung benötigen. Ganz anders Victor. Sie erinnern sich an Victor?, sagte Kagraner. Natürlich, sagte ich, Sie haben ihn doch erst unlängst wieder erwähnt. Genau, sagte er. Aber der war doch Nichtraucher, soweit ich mich erinnere, sagte ich. Richtig, sagte Kagraner, was aber nur die halbe Wahrheit ist. Für gewöhnlich hat er auch nicht geraucht. Aber wenn er von seiner Frau und seiner Tochter gesprochen hat, hat er unmäßig geraucht, zwar nicht inhaliert, sagte Kagraner, aber vom Nebentisch sich sofort eine Zigarette erbettelt und in der Folge eine Packung nach der anderen gekauft und weggeraucht. Aber wieso?, fragte ich. Was war mit seiner Frau? Sehen Sie, sagte Kagraner, Victor war durch und durch Filmproduzent, eigentlich ein Werbefilmproduzent. Der Dokumentarfilm, den er zu machen beabsichtigte, wäre sein erster Dokumentarfilm gewesen. Und er hat ständig von seinen Projekten gesprochen, sagte Kagraner, von Kunden, von der Auftragslage, von Drehhindernissen. Alle haben geraucht, aber ihn habe ich nie rauchen gesehen, auch im größten Stress nicht, und Stress hatte er ständig. Aber eines Tages hat er von seiner Frau zu sprechen begonnen, sagte Kagraner, und mit einem Schlag auch zu rauchen. Ich erinnere mich genau, sagte Kagraner, plötzlich hatte er eine Zigarette in der Hand, und dann eine zweite. Und ab diesem Zeitpunkt hat er überhaupt nicht mehr aufhören wollen, mir von seiner Frau zu erzählen und eine Packung nach der anderen zu rauchen. Er hat mir von einem Werbespot erzählt, sagte Kagraner, und mittendrin hat er plötzlich nach einer Zigarette gegriffen und von seiner Frau erzählt. Und was, sagte ich, was hat er erzählt? Das Übliche, sagte Kagraner. Dass sie ihn wieder mit unsinnigen Vorwürfen gequält habe. Dass er zum Wochenende wieder seine Tochter nicht habe sehen dürfen. Dass er sie in den Ferien wieder nicht mit nach Italien nehmen könne, weil sie bei ihren Großeltern sei, dann auf einem Englischcamp, dann mit ihrer Freundin und deren Eltern in Griechenland und schließlich mit seiner Frau in der Türkei. Und da waren schon zwei Packungen weggeraucht, sagte Kagraner. Und als er erzählte, dass seine Frau ein Geschenk, das er seiner Tochter zum Geburtstag geschickt hatte, ohne es zu öffnen oder es seiner Tochter auszuhändigen, samt Geschenkpapier in den Mistkübel geworfen habe, war die dritte Packung vernichtet. Und was sagt meine Frau dazu?, sagte Kagraner. Sicher, es tut mir leid, dass er tot ist, aber er war ein Arschloch. Das hat sie gesagt?, sagte ich. Ja, sagte Kagraner. Und wieso?, fragte ich. Weil er seine Frau und sein Kind verlassen hat, sagte Kagraner. Und das stimmt?, fragte ich. Ja und nein, sagte Kagraner. Er ist mit einer um zwanzig Jahre jüngeren Schauspielerin durchgebrannt. Das stimmt. Aber seine Frau hat zuerst begonnen, zwar nicht mit jemandem durchzubrennen, aber mit jemand anderem zu schlafen. Und das weiß Ihre Frau?, sagte ich. Natürlich weiß sie es, sagte Kagraner, und trotzdem sagt sie: Er hat begonnen. Aber wieso?, fragte ich. Weil er nie zu Hause war, sagte Kagraner, sagt meine Frau, weil er ständig bei seinen Kunden war, weil er ständig in der Welt herumgeschwirrt ist mit seinen Dreharbeiten. Was doch sein Beruf war, sagte ich. Sage ich auch, sagte Kagraner. Aber meine Frau sagt: Ein Beruf besteht darin, dass man nach Hause kommt, wenn der Beruf aus ist, aber sein Beruf war nie aus. Aber er ist nicht fremdgegangen, sage ich. Auch eine Art Fremdgehen, sagt meine Frau dann immer, nie zu Hause zu sein. Und wenn ich sage: Trotzdem hat nicht er begonnen, sondern sie, sagt meine Frau: Weil er nicht da war. Wäre er da gewesen, hätte sie nicht begonnen. Und dann war er da, aber mit einer Freundin. Weil sie einen Freund hatte, sage ich dann. Deswegen, weil sie einen Freund hat, muss nicht er mit einer um zwanzig Jahre jüngeren Freundin kommen, sagt meine Frau. Was hätte er denn tun sollen?, sage ich. Mit keiner kommen, sagt sie, sondern allein, dann wäre ihr Freund auch weggewesen. Und bitte hör auf, sagt sie dann immer, oder besser, schreit sie dann immer, sagte Kagraner, bitte hör auf, ständig diesen Victor zu verteidigen! Man verlässt sein Kind nicht! Würdest du deine Kinder verlassen? Aber, schreie ich dazwischen, sagte Kagraner, denn wir schreien jetzt beide, er hat sein Kind ja gar nicht verlassen! Er hat es auch nie verlassen wollen! Sie hat ihn hinausgeschmissen! Wirklich, sagte ich, sie hat ihn hinausgeschmissen? Ja, sagte Kagraner. Aber auch dann hat er nicht zu rauchen begonnen, obwohl es verständlich gewesen wäre, in dieser Situation zu rauchen, sagte Kagraner, geraucht hat er nur, wenn er von seiner Frau gesprochen hat. Eigentlich, sagte er, wenn ich mich richtig erinnere, am Ende nur noch, wenn er von seiner Tochter gesprochen hat. Und Sie kennen seine Tochter?, fragte ich. Natürlich, sagte Kagraner. Und wo ist sie, was tut sie?, fragte ich. Sie ist in Berlin, sagte Kagraner, irgendwie in sozialen Projekten engagiert, und, wie mir Victor einmal erzählt hat, und das hat ihn sehr amüsiert, sagte Kagraner, eine extreme Kettenraucherin. Und als ich sie gleich nach seinem Tod anrief und sagte: Weißt du schon, dein Vater ist tot?, sagte sie: Was für ein Vater? Und ich sagte: Aber zum Begräbnis kommst du schon, oder? Da sagte sie, nach einer Pause, die ich heute noch im Ohr habe, sagte Kagraner, es war eine lange Pause, in der sie sich sicher eine Zigarette angezündet hatte, mir war auch, als hätte ich das Knacken des Feuerzeugs gehört: Warum sollte ich, er ist ja auch nie gekommen.

Das erste Mal, dass mir Kagraner einen so deutlichen Einblick in sein Eheleben gewährte, über das ich mir schon, wenn auch nur am Rande, Gedanken zu machen begonnen hatte. Und die ich mir nun, angesichts dieser neuen Szene, unbedingt weiter zu machen beabsichtigte.

Denn die Frage, die mich gleich im Anschluss daran beschäftigte, war, wieso Kagraner das Bedürfnis hatte, mir nicht nur Victors Ehestreit, sondern durchaus eindringlich auch seinen eigenen vorzuführen. Ein ganz bestimmter Sinn, ein Signal, wenn nicht gar eine ganz bestimmte Botschaft an mich schien darin verborgen zu sein. Das witterte ich. Denn ich witterte gern etwas. Selbst dort, wo es angeblich, nach aktuellem Stand der Dinge, überhaupt nichts zu wittern gab und wo jeder meinte, er wittere nichts, aber ich sei ja bekannt dafür, in Beziehungsangelegenheiten ununterbrochen etwas zu wittern, und zwar mit größter Hingabe und Leidenschaft, nur um mich mit entsprechenden Katastrophenprophezeiungen hervortun zu können und die Beteiligten zu verschrecken.

Dabei hätte ich, nebenbei bemerkt, vor allem gern erfahren, wie Kagraner seiner Frau den kürzlich erneut fehlgeschlagenen Versuch, Schuhe zu kaufen, erklärt hatte, er hatte mir ja versprochen, mich davon in Kenntnis zu setzen!, und ob seine Erklärungen glaubhaft und ausreichend gewesen waren und wie seine Frau reagiert hatte. Aber auch angesichts mehrfach eingestreuter diesbezüglicher Andeutungen meinerseits tat er so, als verstünde er nicht.

Wie dem auch sei. Ich war alarmiert, auch animiert, und erwartete durch Kagraners Erzählungen sehr bald weitere Aufschlüsse. Die Büchse der Pandora ist geöffnet, dachte ich. Weswegen ich nun doch öfter die Baustelle verließ, um Kagraner zu treffen, und die Bauaufsicht dem Sohn meines Installateurs übertrug, einem Studenten der Elektrotechnik, der froh war, auf diese Weise, er könne spielend lernen und beaufsichtigen gleichzeitig, sagte er, Geld zu verdienen.

Aber bevor Kagraner tatsächlich in seinen Geschichten zur Sache kam, bot er mir, wie ich sie nannte, Annäherungsgeschichten oder besser: Erkundungsgeschichten. Erkundungsgeschichten deswegen, weil sie, so meine Vermutung, dazu dienen sollten, zu erkunden, wie ich auf die Themen Kinder, Ehe, Ehekrise, die darin immer wieder, in unterschiedlichster Form, eine Rolle spielten, reagieren würde. Kagraner versuchte offenbar, ob bewusst oder nicht, mein entsprechendes Empfänglichkeits- und Verständnispotential auszuloten. Was mir recht war. Vorausgesetzt, diese Vorhutstrategie würde nicht allzu lange andauern. Denn ich hatte Lunte gerochen und war begierig darauf, mehr über sein Privatleben zu erfahren, an dem sicher, wie in vielen anderen Fällen auch, gerade das Eheleben das Interessanteste und Aufschlussreichste sein würde.

Die vier besten Annäherungsgeschichten erzählte er mir genau in jenen Wochen, in denen ich die größten Schwierigkeiten mit der Fertigstellung des Außenverputzes hatte. Zuerst wurde die falsche Farbe geliefert. Dann fielen die polnischen Arbeiter aus, gleich mehrere Tage, aufgrund von Gemeinderats- oder Parlamentswahlen in Polen oder beidem. Und zuletzt stürzte der Architekt vom Gerüst, zwar ohne sich nennenswert zu verletzten, aber die Tage vergingen mit Inspektionen, Unfallrekonstruktionen, mit Protokollen und entsprechenden Pausen und Diskussionen und früheren Arbeitsschlüssen.

Die Stunden mit Kagraner aber, die ich mir trotzdem gönnte, indem ich wichtige Termine wahrnehmen zu müssen vortäuschte, sowie seine Geschichten unterhielten und erfrischten mich wie immer, ungeachtet ihrer von mir vermuteten heimlichen Annäherungs- oder Erkundungsabsichten, die mich nicht weiter störten und in denen wie auch immer geartete Gefahren zu sehen ich keinen Grund hatte. Vielmehr hoffte ich, damit Kagraners Prüfung zu bestehen und ihm unnötige Scheu und etwaige Erzählängste nehmen zu können.

Die Geschichte von der Frau mit den zwei Kindern

Ich würde gern Ihre Meinung hören, sagte Kagraner. In welcher Angelegenheit?, fragte ich. Ich kenne eine Frau mit zwei Kindern, sagte Kagraner. Der Bub geht in die Volksschule und das Mädchen in die zweite Klasse Gymnasium. Bei allem, was die Kinder von der Schule aus unternehmen, sagte Kagraner, ist die Mutter dabei und nicht abzuweisen. Beim Schwimmunterricht sitzt sie im Badeanzug am Rand des Beckens und schaut zu. Bei Halbtagsexkursionen geht sie mit. Unlängst war das Mädchen auf Skikurs, sagte Kagraner, die Mutter ist mitgefahren und hat sich im Nebenhotel eingemietet. Und der Bub?, fragte ich. Hat selbstverständlich mitfahren müssen und dafür eine Woche in der Schule gefehlt. Und als er selber drei Tage mit der Schule hätte wegfahren sollen, hat er nicht mitfahren dürfen, weil sie keine Zeit hatte mitzufahren. Da die Tochter nach den Ferien zwei Tage später Schulbeginn hat als der Sohn, sagte Kagraner, ist auch der Sohn zwei Tage später in die Schule gekommen. In den Ferien selbst sind sie keinen Tag weggewesen, sagte Kagraner, sondern, wie meine Frau erfahren hat, zwei Monate daheim gesessen. Zwei Monate daheim, sagte ich, im Sommer? Richtig, sagte Kagraner. Sie sind auch nicht baden gegangen, sie haben auch keine Ausflüge gemacht. Sondern?, fragte ich. Sie haben ferngesehen, sagte Kagraner. Ferngesehen?, sagte ich. Zwei Monate lang ferngesehen? Ja, sagte Kagraner, wie sie überhaupt, wie meine Frau in Erfahrung gebracht hat, an schulfreien Tagen nie etwas unternehmen, sondern daheim sitzen und fernsehen. Wobei sich der Bub vor allem Sendungen über Chirurgie anzusehen hat. Wieso das?, fragte ich. Weil er Chirurg werden soll, sagte Kagraner. Nein!, sagte ich. Doch, sagte Kagraner, was die Mutter nicht ohne Stolz bei jeder sich bietenden Gelegenheit meiner Frau erzählt. Und Sendungen, die er nicht sehen kann, weil er in der Schule ist, zeichnet sie auf, wie sie betont, damit er sie hinterher sehen kann. Sie besorgt sich auch DVDs, ich weiß nicht woher, sagte Kagraner, von Herzoperationen, von Nierentransplantationen, die sie ihrem siebenjährigen Sohn anstatt der Kindersendungen einlegt, um ihn rechtzeitig auf seinen Beruf vorzubereiten. Während andere Eltern mit ihren Kindern in den Park gehen, sagte Kagraner, ins Museum oder ins Theater, geht diese Frau mit ihren Kindern nirgendwohin. Allein dürfen sie, wie gesagt, sowieso nirgendwohin. Nicht bei Freunden übernachten, wie das bei meinen Kindern schon im Kindergarten üblich ist, auch auf keine Geburtstagspartys, die Mitschüler veranstalten. Wobei sie selber natürlich auch keine Geburtstagspartys veranstaltet, zu denen ihre Kinder andere Kinder einladen könnten. Und der Vater?, fragte ich, wo ist der Vater? Der wohnt bei seiner Mutter, sagte Kagraner. Bei seiner Mutter?, sagte ich, wieso bei seiner Mutter? Sind sie getrennt? Leben sie in Scheidung? Überhaupt nicht, sagte Kagraner, sie sind weder getrennt, noch leben sie in Scheidung. Er kommt also nur auf Besuch?, fragte ich. Offenbar, sagte Kagraner, und er sorgt für den Unterhalt. Und sie, sagte ich, geht keinem Beruf nach? Wie denn, sagte Kagraner, wo sie doch ständig bei ihren Kindern ist. Aber wenn die Kinder nicht da sind, sagte ich, wenn sie in der Schule sind oder fernsehen, was macht sie da? Putzen, wie mir meine Frau erzählt, sagte Kagraner, beziehungsweise die Putzfrau beaufsichtigen, der sie, wie man hört, den Mindestlohn zahlt, natürlich schwarz, und auf den Cent genau. Sind sie so arm?, fragte ich. Keinesfalls, sagte Kagraner, im Gegenteil. Er ist Besitzer eines gut gehenden Geschäfts. Die Kinder sind immer bestens gekleidet, nach der neuesten Mode, und wenn sie neue Kleider bekommen, und die bekommen sie häufig, sagte Kagraner, bietet sie die alten der Putzfrau zum Kauf an für deren Kinder. Zwar um den halben Preis, aber auch der ist immer noch hoch genug und für die Putzfrau unerschwinglich. Auch hat sie ganz bestimmte Wünsche, sagte Kagraner, was das Putzen der Wohnung betrifft. Der Boden hat nach bestimmten Regeln gesäubert zu werden, von links nach rechts. Die Fransen der Teppiche müssen gekämmt werden. Die Wäsche muss nach bestimmten, von ihr festgelegten Gesichtspunkten gebügelt werden. Und wie sieht der Mann aus, sagte ich, haben Sie ihn schon einmal gesehen? Nein, sagte Kagraner, aber meine Frau sagt, ein stattlicher Mann, und auch die Frau soll, nach der Beschreibung meiner Frau, attraktiv sein, schlank, blond und äußerst gepflegt. Aber warum wohnt er nicht bei ihr?, fragte ich. Genau das ist eine der Fragen, sagte Kagraner. Wieso wohnt er bei seiner Mutter und nicht bei ihr und seinen Kindern? Wieso muss sie immer in Sichtweite ihrer Kinder sein? Ist sie ängstlich?, sagte ich. Den Eindruck macht sie nicht, sagte Kagraner. Zumindest hat meine Frau nichts dergleichen verlauten lassen. Was könnte es dann sein?, fragte ich. Das würde ich gern von Ihnen wissen, sagte Kagraner. Von mir?, sagte ich. Ja, sagte er, hätten Sie eine Theorie? Wie sollte ich, sagte ich, wo ich die Frau doch überhaupt nicht kenne. Aber aufgrund dessen, was ich Ihnen erzählt habe, sagte Kagraner. Tut mir leid, sagte ich. Aber warum wollen Sie das wissen? Weil meine Frau es wissen möchte, sagte Kagraner. Ständig erzählt sie mir neue Geschichten von dieser Frau. Ständig will sie aufs Neue wissen, was diese Frau bewegt. Ständig beschäftigt sie mich damit. Ihre Frau wird es schon noch herausbekommen, sagte ich. Meinen Sie?, sagte Kagraner. Sicher, sagte ich. Hoffentlich, sagte er, hoffentlich bald. Denn Sie müssen wissen, sagte Kagraner, ich bin am Ende meiner Kräfte. Worauf er tatsächlich in eine Art erschöpftes Schweigen verfiel und ich ganz plötzlich das Gefühl hatte, jetzt sei der Moment da, um die Sache mit der Erbschaftsgeschichte und meiner damaligen Bemerkung, die mich immer noch beschäftigte, auch wenn ich keine Anzeichen dafür sah, dass sie Kagraner beschäftigte, zur Sprache und endlich zum Abschluss zu bringen. Wenn Sie erlauben, sagte ich, wie ist denn eigentlich die Erbschaftsgeschichte ausgegangen? Erbschaftsgeschichte?, sagte Kagraner und sah mich verständnislos an. Ihre Schwiegermutter, begann ich. Oh, sagte er, diese Geschichte hat sich in nichts aufgelöst. Ihre Frau hat Sie nicht enterbt?, sagte ich. Lächerlich, sagte Kagraner und lachte. Aber Sie, mein verehrter Herr, sagte er, waren ja damals, soweit ich mich erinnern kann, nicht so überzeugt davon, stimmt's? Jetzt lachten wir beide.

Abgesehen von meiner Erleichterung darüber, dass die Sache mit der Erbschaft und meiner Bemerkung endlich vom Tisch war, ich hatte Kagraner an diesem Tag früher verlassen, um mir mit meinem Installateur das Spiel FC Fulham gegen FC Liverpool anzusehen, beschäftigte mich auf dem Heimweg noch Kagraners Geschichte und die Frage, ob Kagraner seine geschäftliche Reisetätigkeit, er war ja tatsächlich viel unterwegs gewesen in letzter Zeit, nicht deswegen intensiviert hatte, um seiner Frau zu entkommen. Die ihn ständig mit Geschichten behelligte, die sie irgendwo aufgeschnappt hatte, die ihn offenbar nicht interessierten. Mit denen sie ihn aber dazu nötigte, sich mit ihr hinzusetzen und Fragen zu erörtern, die sich nicht für ihn, aber für sie daraus ergaben, Erklärungen zu finden, die nicht er finden wollte, aber sie. Die ihm sicher vorwarf, wenn er keine fand, dass er gar keine finden wollte. Dass er es nicht der Mühe wert finde, sich für das zu interessieren, was sie interessiere. Dass er mit seinem Kopf seit neuestem überhaupt immer woanders sei, nämlich bei seiner Arbeit und bei seinen Problemen, anstatt einmal bei ihr zu sein und bei ihren Problemen. Dass er überhaupt nicht mehr ansprechbar sei für das, was sie bewege. Ob ihm das nicht auffalle, wie er die Geschichten ihres Alltags, mit denen sie leben müsse, ignoriere. Wie für ihn nur seine Geschichten zählten und sein Alltag. Die sie sich sehr wohl anhören müsse. Aber sich einmal ihre anzuhören, da gehe er lieber ins Kaffeehaus, um diesen Soziopathen zu treffen. Solle sie sich doch erwürgen mit ihren Geschichten, mit diesen Tratschgeschichten, wenn sie unbedingt wolle! Er, der Herr Kagraner, habe eben höhere Aufgaben zu bewältigen, bedeutendere, weltbewegendere Dinge zu klären als die Frage, warum eine zwangsneurotische, durchgedrehte Alte ihre Kinder drangsaliere.

Die Geschichte von der Frau, deren Enkelin einen Unfall hatte

Eine merkwürdige Geschichte, sagte Kagraner, die ich nicht verstehe. Und die wäre?, fragte ich. Eine Frau, mit der ich entfernt verwandt bin, wie genau, weiß ich selber nicht, sagte Kagraner, hat eine Enkelin, die vorigen Donnerstag um sieben Uhr früh mit ihrem Auto derartig heftig mit einer Straßenbahn zusammengestoßen ist, dass ihr, wie die Ärzte sagten, Schädelsplitter bis ins Kleinhirn eingedrungen seien. Meine Verwandte hat das telefonisch vom Freund des Mädchens im Laufe des Vormittags erfahren und war, wie Sie sich denken können, sie hängt sehr an diesem Mädchen, sagte Kagraner, zumal sie mit der Mutter des Mädchens, mit ihrer Tochter, schon seit Jahren kein Wort mehr wechselt, völlig am Boden zerstört, vollkommen außer sich und konnte auch von meiner Frau, die sich um sie bemühte und sie mit Hinweisen auf die heutigen Möglichkeiten der Unfallchirurgie zu beruhigen versuchte, in keiner Weise beruhigt werden. Sie rechnete gewissermaßen fest damit, dass ihre Enkelin sterben würde oder dass irreparable Schäden sie für den Rest ihres Lebens an den Rollstuhl oder überhaupt ans Bett fesseln würden. Sie wollte sie auch nicht gleich in der Intensivstation besuchen, sondern beschloss, sich von ihrem Hausarzt Beruhigungspillen verschreiben zu lassen. Im Stiegenhaus des Arztes stürzte sie aber so unglücklich, dass sie einem Kreislaufkollaps nahe war und von der Ordination des Arztes, der sie erstversorgte, mit der Rettung ins Unfallkrankenhaus gebracht werden musste, wo man eine gebrochene Schulter diagnostizierte, ihr den Arm stilllegte und meinte, dass vielleicht eine Operation nötig sein werde. Noch im Unfallkrankenhaus bestand sie aber darauf, sofort auf die, wie sie gehört habe, viel bessere Station des Allgemeinen Krankenhauses, wo ihre

Enkelin lag, gebracht zu werden und von demselben Arzt, der ihre Enkelin behandelte, nochmals untersucht und behandelt zu werden. Sie rief auch gleich vom Unfallkrankenhaus aus im Allgemeinen Krankenhaus an, bekam den gewünschten Arzt tatsächlich ans Telefon, schilderte ihm die Lage entsprechend dramatisch und erreichte es, dass er sie sofort empfing. Er stellte dieselbe Diagnose, befand nur, dass eine Operation wahrscheinlich nicht nötig sei, aber es komme darauf an, wie sich der Heilungsprozess entwickle. Ohne ihre Enkelin in der Intensivstation besucht zu haben, sie fand es sinnlos, das Mädchen im Koma unter den Schläuchen liegen zu sehen, was sie nur weiter aufregen würde, fuhr sie mit dem Taxi nach Hause und hatte, wie sie meiner Frau erzählte, eine furchtbare Nacht. Die Schmerzen in der Schulter hörten nicht auf, hätten sie kein Auge zutun lassen und die Vorstellung vom Zustand ihrer Enkelin samt den Folgen erst recht nicht. Erst drei Tage später, sagte Kagraner, nachdem sie erfahren hatte, dass es dem Mädchen besser gehe, hat sie es im Spital besucht, aber das Mädchen habe sie nicht erkannt, habe wirr gesprochen und Dinge verwechselt, was meine Verwandte erneut in größte Verzweiflung gestürzt hatte, trotz des Zuspruchs meiner Frau und den wiederholten Hinweisen darauf, dass es der Enkelin doch schon besser gehe. Und, fragte ich, geht es ihr wirklich besser? Aber ja, sagte Kagraner, immerhin ist sie imstande aufzustehen, sie spricht, wenn auch immer noch etwas wirr, aber bereits weit weniger als vor einer Woche, geht allein aufs Klosett und am Gang spazieren. Ihrer Tochter aber, sagte Kagraner, mit der meine Verwandte angesichts des Ereignisses nun doch einige Worte am Telefon wechselte und die zwar kaum eine Verbindung mit dem Mädchen hatte, nun aber doch ihre Tochter im Spital besuchen wollte, verbot sie den Besuch entschieden, mit der Bemerkung, das Mädchen würde sich nur aufregen, wenn es plötzlich seine leibliche Mutter vor sich sehe, was ihm in seinem Zustand nicht zuzumuten sei. Und immer, wenn sie selber hineingeht, um ihre Enkelin zu besuchen, richtet sie es so ein, dass sie den Arzt zu Gesicht bekommt, um mit ihm auch über den Zustand ihrer Schulter zu sprechen. Mit dem Mädchen geht es also bergauf, sagte ich. Ja, sagte Kagraner. Soviel ich über meine Frau weiß, die sich des Öfteren telefonisch über das Befinden des Mädchens erkundigt, geht es überraschend schnell bergauf. Aber was das Merkwürdige ist, sagte Kagraner, meine Verwandte zeige, wie meine Frau verwundert feststellt, nicht die geringste Spur von Freude über die zunehmende Besserung im Zustand ihrer Enkelin. Kein Funke von Zuversicht. Kein Funke von Erleichterung. Im Gegenteil. Je mehr die Genesung der Enkelin fortschreite, so meine Frau, sagte Kagraner, desto bedrückter erscheine sie. Je erleichterter sie sein müsste angesichts der Fortschritte, gerade wenn man bedenke, wie pessimistisch sich die Ärzte anfangs geäußert hatten, desto hartnäckiger, so meine Frau, sagte Kagraner, halte meine Verwandte, die doch im Grunde durchaus das sei, was man eine fröhliche Natur nenne, an ihrer Verzweiflung fest. Was meine Frau zunehmend beschäftigt, sagte er. Was könnte man da tun? Was könnte man da raten? Was meinen Sie?

Die Geschichte von Sylvia

Ich hatte gerade eine größere Auseinandersetzung mit dem Polier hinter mir, der mir weismachen wollte, dass die Außenverputzarbeiten unmöglich schneller vonstattengehen könnten, als ich etwas vor der verabredeten Zeit im Café ankam und mir zur Beruhigung, während ich auf Kagraner wartete, einen doppelten Kognak genehmigte. Beinahe hätte ich Sie versetzt, sagte Kagraner, als er an den Tisch trat. Oh, sagte er, Sie sind schon beim Kognak. Darf ich mich anschließen? Sicher, sagte ich, Sie sind mein Gast. Ich kann ihn brauchen, sagte er. Was ist passiert, sagte ich, doch nichts Dramatisches? Doch, sagte er, eine junge, gelegentliche Mitarbeiterin meiner Frau hat sich umgebracht. Umgebracht?, sagte ich, wie?, warum? Sie ist angeblich vergewaltigt worden, sagte Kagraner. Was heißt: angeblich?, fragte ich. In Südamerika, sagte Kagraner. Sie studierte drei Monate Spanisch in Südamerika und arbeitete an der Botschaft. Zwei Burschen, die sie eines Abends im gegenüberliegenden Lokal, an sich eine gute Gegend, heißt es, kennengelernt hatte, boten ihr an, da es schon spät war, sie mit dem Auto nach Hause zu bringen. Und sie ist mitgefahren?, sagte ich. Unbegreiflicherweise angeblich ja, sagte Kagraner. Die beiden Burschen sagten, sie müssten von daheim etwas holen, sie möge kurz mit hinauf in die Wohnung kommen. Und sie ist mitgegangen?, sagte ich. Ja, sagte Kagraner, dabei ist sie, ich kenne sie, ein überaus vernünftiges und, was Männer betrifft, keinesfalls unerfahrenes Mädchen. Und dort hätten sie sie, erzählte sie meiner Frau, vergewaltigt. Und Sie meinen, das stimmt nicht?, fragte ich. Meine Frau sagt, sie kann sich das nicht vorstellen, sagte Kagraner, aber die Details, die sie geschildert hat ... Auch die kann man sich ausdenken, sagte ich. Das sagte meine Frau auch, sagte Kagraner, aber die Erzählung klang offenbar doch so authentisch, dass sie ihr trotz aller

Zweifel letztlich glaubte. Sie kannte das Mädchen ja, sagte Kagraner. Bis zu ihrer Abreise keine Anzeichen, die darauf hätten schließen lassen, dass mit ihr irgendwas nicht in Ordnung gewesen wäre, sie Dinge erfunden oder sich sonst irgendwie ungewöhnlich benommen hätte. Sie war, da waren sich meine Frau und ich und alle, die sie kannten, durchaus einig, vollkommen gesund, sagte Kagraner, fröhlich und normal. Tatsache ist jedenfalls, sagte er, dass in Südamerika irgendetwas vorgefallen sein muss, denn am Flughafen, wo sie meine Frau mit einer Arbeitskollegin, die sie zufällig vorher getroffen hatte, abholte, kam sie vollkommen verändert an, verstört, ruhelos, desperat, beinahe verwahrlost. Wann ist sie zurückgekommen, fragte ich, jetzt? Nein, sagte Kagraner, schon vor Wochen. Und sie hat gleich mit Selbstmordversuchen begonnen. Und meine Frau, die sich gegen meinen Rat, entschieden gegen meinen Rat!, sagte Kagraner, in den Kopf gesetzt hatte, ihr zu helfen, war ständig beschäftigt damit, sie anzurufen, sie einzuladen, mit ihr zu reden, mit ihr zu Ärzten zu gehen. Einmal hat sie sie davor bewahrt, eine tödliche Dosis Tabletten zu schlucken, ein anderes Mal sie gerade noch daran hindern können, sich mit einem Rasiermesser die Unterarme aufzuschlitzen. Einmal hat Sylvia, so heißt sie, angerufen und gesagt, jetzt bring ich mich um. Meine Frau springt ins Taxi, fährt hin, läuft die Treppe hinauf, die Wohnungstür ist offen, aber niemand ist da. Sie telefoniert herum. Und erst nach einer Weile erfährt sie, Sylvia sei in der Psychiatrie, sie habe versucht sich vor die U-Bahn zu werfen. Hat Ihre Frau mit den Ärzten gesprochen?, fragte ich. Ja, sagte Kagraner, und die sagten, von den dreißig Selbstmordkandidaten, die sie dahätten, würden sich achtundzwanzig todsicher umbringen. Womit sich meine Frau natürlich nicht abfinden wollte. Und es schien auch, sagte Kagraner, als wollte sich alles zum Guten wenden. Ich jedenfalls war nach wie vor misstrauisch, sagte Kagraner, und versuchte meine Frau davon abzuhalten, sich zu sehr in der Sache zu engagieren. Sie kenne doch Sylvia kaum, sagte ich ihr, außer als Arbeitskollegin, es sei ein Fall für die Psychiatrie, und sie würde sich jede Menge Probleme einhandeln. Davon aber wollte meine Frau nichts wissen, sagte Kagraner. Sie bemühte sich vielmehr, ihr einen Posten zu verschaffen, der ihren Fähigkeiten entsprach und der ihr Freude machen könnte. Sie könne doch ausgezeichnet Spanisch, sagte sie, auch Französisch und Italienisch, sei hochintelligent, hübsch, habe erstklassige Umgangsformen, Engagement, schnelle Auffassungsgabe und alle möglichen Zusatzqualifikationen, EDV-Ausbildung sowieso. Und es gelang meiner Frau auch. Und Sylvia schien auch tatsächlich Freude an dieser Arbeit zu haben, wurde fröhlicher, ging in Gesellschaft, saß oft bei uns oder war mit uns unterwegs, sagte sogar, dass sie sich in einen Arbeitskollegen verliebt habe, einen ebenso fähigen wie attraktiven und liebenswürdigen jungen Mann. Meine Frau, ängstlich darauf bedacht, sagte Kagraner, den erreichten, wie sie meinte, guten Zustand Sylvias nicht zu gefährden, ließ sich den jungen Mann natürlich vorstellen, trotz meiner wiederholten Aufforderung, diese, wie mir schien, übertriebene und auch vollkommen unpassende, medizinisch und psychologisch wohl auch nicht wirklich kompetente Fürsorglichkeit bleiben zu lassen. Erst vorgestern überraschte sie meine Frau mit Plänen für die Zukunft, eine wichtige Reise wolle sie unternehmen im Auftrag ihres Arbeitsgebers, eine neue Wohnung habe sie in Aussicht und ein neues Auto habe sie sich gekauft. Was mir meine Frau sofort überglücklich mitteilte, sagte Kagraner, wohl auch, um meine ständigen Einwände Lügen zu strafen. Auch sehe es so aus, sagte sie, als würde mit dem jungen Mann tatsächlich etwas werden. Und dann das, sagte Kagraner, aus heiterem Himmel! Es hat meine Frau buchstäblich aus der Bahn geworfen. Aber was ist geschehen?, fragte ich.

Den genauen Ablauf der Ereignisse weiß man immer noch nicht, sagte Kagraner. Jedenfalls fuhr sie gestern früh zu ihren Eltern, die in der Nähe von Melk wohnen, zu denen sie, wie mir meine Frau versicherte, ein durchaus gutes Verhältnis hatte. Auf der Fahrt dorthin dürfte sie Probleme bekommen haben. Bei ihren Eltern kam sie nämlich nicht an, sondern tauchte in der Privatwohnung eines ihr gut bekannten Psychiaters in Melk auf. Das berichtete die Haushälterin, denn der Arzt selbst war auf Urlaub. Sylvia habe einen, so die Haushälterin, sehr bedürftigen Eindruck gemacht. Sie habe ihr auch sofort, wie in solchen Fällen üblich, die Vertretung genannt, einen Arzt ein paar Kilometer weiter, den Sylvia aber offensichtlich nicht aufgesucht hat. Sie dürfte von dieser Wohnung weg direkt in die Donauauen gefahren sein, sich mit Benzin übergossen, das sie wohl von einer auf dem Weg liegenden Tankstelle in einem Kanister mitgenommen hatte, und sich angezündet haben. Ein Fischer, der zufällig in der Nähe war, versuchte das Feuer zu löschen. Dann holte er Hilfe. Als er mit Polizei und Rettung zurückkam, war Sylvia verschwunden. Man fand sie ein Stück flussabwärts mit schweren Verbrennungen, die sie nicht hätte überleben können, tot im Wasser. Und was steckt dahinter?, fragte ich. Haben Sie eine Ahnung? Nein, sagte Kagraner, nicht die blasseste. Und Ihre Frau, fragte ich, was sagt die? Nichts, sagte er, sie spricht nicht mit mir darüber, sie weigert sich. Obwohl ich es natürlich auf das Peinlichste vermeide, sagte Kagraner, auch nur anzudeuten, dass ich ja dergleichen vorausgesehen hätte, oder ihr gar einen Vorwurf zu machen. Sie sagt, ich würde das nicht verstehen. Nie würde ich das mit meiner männlichen Borniertheit, sie sagte tatsächlich *männliche Borniertheit,* verstehen können. Aber was, sagte Kagraner, ist an dieser Geschichte, das nicht auch ich verstehen könnte? Und was meint sie mit *männlicher Borniertheit?* Finden Sie mich *borniert?,* fragte Kagraner.

Dass mich Kagraner zum wiederholten Mal um Rat fragte, und das ausgerechnet im Zusammenhang mit seiner Frau, und ich spürte schon eine gewisse Bangigkeit vor jedem Treffen angesichts der Möglichkeit, er könnte mich auch diesmal im Zusammenhang mit seiner Frau um Rat fragen, dürfte offenbar zu seinem Plan gehören, herauszufinden, wie ich über Ehen im Allgemeinen und wohl über seine Ehe im Besonderen dachte. Darauf ging ich aber nicht ein.

Denn Ratschläge zu erteilen, war mir prinzipiell zuwider. Vor allem in Ehesachen. Mein tief sitzendes Misstrauen gegenüber Ehen und Ehefrauen, die ich in Anbetracht von Kagraners Neugier nicht nur zu verschweigen, sondern mit allen Mitteln zu verbergen suchte, machte mich für derartige Funktionen vollkommen ungeeignet, um nicht zu sagen: unfähig. Im Grunde war ich sowieso der Meinung, dass Ratschläge in Eheangelegenheiten sinnlos seien und Eheberatungen nichts anderes als ein Verbrechen und eine reine, nicht unerhebliche Form krimineller Geldbeschaffung. Die höchstens einer kurzfristigen Vertuschung des Problems dienten und der Beruhigung der Ratsuchenden. Die ihrerseits die guten Ratschläge zufrieden und um erkleckliche Geldsummen erleichtert mit nach Hause nähmen, im guten Glauben, sie dort auch ein- und umsetzen zu können. Ein schrecklicher Trugschluss, der alles nur noch schlimmer macht.

Zum Glück aber fragte mich Kagraner nicht direkt, was ich von seiner Ehe halte.

Aber er ließ nicht locker und legte, so schien es mir, sogar einen Zahn zu, um mir seine Frau und seine Situation noch eindrücklicher und plastischer zu schildern.

Die Geschichte von der Frau, die zu nichts kommt

Tut mir leid, sagte Kagraner, wenn ich heute etwas unaufmerksam erscheine, ich bin ein wenig erschöpft. Die Arbeit?, fragte ich. Nein, nein, sagte er, der Streit mit meiner Frau. Sie haben gestritten?, sagte ich. Ja, sagte er. Und worüber?, fragte ich, falls Sie meine Neugier nicht als vollkommen unangebracht empfinden. Keineswegs, sagte Kagraner, jetzt kennen wir uns doch schon eine Weile. Aber ich glaube, sagte er, ich könnte noch einen Kognak vertragen. Trinken Sie einen mit? Gern, sagte ich. Sehen Sie, sagte Kagraner, in unserer Bekanntschaft gibt es eine Frau, die beständig und ausdauernd darüber zu klagen versteht, was sie nicht alles zu tun hat. Sie ist Filialleiterin einer Lebensmittelkette. Ihr Mann arbeitet zu Hause. Er macht, soviel ich weiß, Buchhaltung für kleinere Firmen. Er kocht regelmäßig, versorgt die Kinder, bügelt und hält die Wohnung in Ordnung. Fragt man sie beispielsweise, ob sie diesen oder jenen Film gesehen habe, sagt sie, ich komme zu gar nichts, nicht einmal ins Kino. Die zehnjährige Tochter schreie nach ihr, wenn sie abends nicht zu Haus sei. Ständig habe sie alles wegzuräumen, was die anderen fallen und stehen ließen. Sagt der Mann, heut kommt die Schwester zum Babysitten und wir gehen essen, sagt sie, wie soll ich essen gehen können, wo es die Kinder doch nicht erlauben, dass ich abends nicht da bin, sondern nach mir schreien. Und sagt er, wir schicken die Kinder über das Wochenende zu den Großeltern, sagt sie, die wollen gar nicht zu den Großeltern, dort fühlen sie sich nicht wohl. Und sagt er, im Gegenteil, sie fühlen sich dort sehr wohl, sie lieben den Garten und verstehen sich gut mit den Nachbarskindern, sagt sie, du willst mir die Kinder nur wegnehmen und sie deinen Eltern bringen, damit sie lieber bei deinen Eltern sind als bei mir. Und sagt er daraufhin längere Zeit nichts vom Essen gehen, sagt sie, einmal könnten wir auch essen gehen, aber du hast ja nichts als deine Arbeit im Kopf. Und fährt er zu Beginn der Schulferien mit den Kindern allein zu den Großeltern, um den Kindern eine Freude zu machen, seine Frau zu entlasten und ihr ein paar ruhige Abende zu gönnen, wo sie doch ständig darüber klagt, nie einen ruhigen Abend für sich alleine zu haben, so erscheint sie pünktlich das Wochenende darauf ebenfalls bei den Großeltern, ohne ein Wort zu sagen, geht in ihr Zimmer hinauf, legt sich ins Bett und ist nicht ansprechbar. Bittet sie ihr Mann, herunterzukommen und mit ihnen zu essen oder einen Spaziergang zu machen, gibt sie keine Antwort und ist nicht dazu zu bewegen zu sagen, weswegen sie nicht ansprechbar sei, ob sie jemand beleidigt habe oder gekränkt. Erst nach mehreren Anläufen seinerseits erfährt er, dass es nicht angehe, dass er mit den Kindern wegfahre, sie entführe, wie sie sich ausdrücke, und sie allein zurücklasse in der Wohnung, sie sich eine schöne Zeit machten, während sie den ganzen Tag schufte und abends noch wegräumen müsse, was sie beim Wegfahren einfach hätten liegen lassen. Und streiten kann sie mit dem zwölfjährigen Sohn wie mit ihm, dem Ehemann, sagte Kagraner. Und umgekehrt kann der Sohn mit ihr streiten wie mit einer Ehefrau, mit denselben Argumenten beziehungsweise, wie ihr Mann immer betont, sagte Kagraner, mit denselben Nicht-Argumenten. Sagt er, der Sohn, es ist nicht so, wie du sagst, sondern so, wie ich es in der Schule gelernt habe, dann sagt sie, du hast mich immer schon als dumm hinstellen wollen, aber ich bin nicht dumm. Und sagt er, ich will dich nicht als dumm hinstellen, sondern jeder kann sehen, dass es so ist, dann sagt sie, du hast mich auch vor drei Wochen als dumm hinstellen wollen, wie du zu spät gekommen bist und gesagt hast, ich habe länger in der Schule bleiben müssen, dabei warst du bei McDonald's. Und sagt er, was hat das eine mit dem anderen zu tun, sagt sie, jetzt willst du mich wieder als dumm hinstellen, worauf er sagt, ich hab damals eine Ausrede gebraucht, worauf sie sagt, du hast keine Ausrede gebraucht, du hast mich angelogen. Und sagt er, also was jetzt, hab ich dich angelogen oder als dumm hingestellt, sagt sie, du drehst mir das Wort im Mund um wie immer. Und so geht das stundenlang, erzählt mir der Mann, erzählt mir auch meine Frau, sagte Kagraner, die gelegentlich eher zufällig Zeugin dieses Schauspiels ist, bis sie sich gegenseitig nur mehr anschreien, der Sohn sagt, ich muss jetzt zum Training, und seine Mutter sagt, du willst dich mit der frisch gewaschenen und gebügelten Hose, die nebenbei ich frisch gewaschen und gebügelt habe, sagt der Mann, ja nur wieder im Dreck wälzen, damit ich sie wieder waschen kann und bügeln, die natürlich, sagt der Mann, wieder nur ich waschen kann und bügeln, und damit ich wieder zu nichts komme und wieder für dich schuften kann, schreit sie ihm noch im Stiegenhaus nach, und ihr euer Vergnügen habt und mir den Dreck wieder heimbringen könnt von euren Vergnügungen, und ich wieder nicht tun kann, was ich will, vielleicht auch einmal ein Vergnügen haben, sondern immer nur das tun muss, was ihr wollt. Und diese Weihnachten bleiben wir daheim, habe sie letztens gesagt, sagte Kagraner, und fahren nicht zu den Großeltern, denn ich will auch einmal in aller Ruhe eine Familie haben, die ich nie habe. Was sie sowieso nicht haben wird, sagt mir der Mann, denn sind es nicht die Großeltern und die Kinder dort, mit denen die Kinder davonlaufen und spielen, sind es die Kinder hier, die Freunde und Schulkollegen, mit denen sie davonlaufen, um, wenn schon nicht im Garten der Großeltern zu spielen, wo wir sie beaufsichtigen können, drei Straßen weiter im Park oder in den Wohnungen der Freunde und Schulkollegen zu spielen, wo wir nie genau wissen, wo sie wirklich sind und was sie tun. Und dann sind es auch nicht die Großeltern, die sie nerven werden, sagt der Mann, sondern die Eltern der anderen Kinder, die, wenn sie merken, dass wir auch nicht wegfahren, kommen und uns einladen, Telefon und Türklingel laufen heiß, das weiß ich jetzt schon, sagt der Mann, sagte Kagraner. Auf alle Fälle werden es turbulentere Weihnachten hier sein als mit den Großeltern dort, sodass sie wieder klagen wird, sagt er, sie habe nie ein Familienleben, und darauf hinweisen, dass sie zu nichts komme, nicht einmal zu einem Familienleben. Und wenn sie das Familienleben dann doch einmal hat an einem Abend daheim, sicher nicht zu Weihnachten, sagt der Mann, dann klagt sie darüber, was für eine Arbeit wir ihr wieder aufhalsen würden, wenn wir alle daheim seien, sodass sie wieder zu nichts komme. Und Sie können sich vorstellen, sagte Kagraner, dass diese Geschichten nicht nur Sie zum Lachen reizen, sagte er, natürlich hab ich bemerkt, dass Sie immer wieder nahe daran waren, darauf loszulachen, dafür brauchen Sie sich nicht zu entschuldigen!, sondern dass sie immer wieder auch mich und meine Frau dazu reizen. Aber heute, sagte er, als mir meine Frau eine neue Geschichte aus dem Familienleben unserer Bekannten erzählte, tat ich mir schwer mit dem Lachen. Eigentlich, sagte er, um der Wahrheit die Ehre zu geben, war es mir plötzlich vollkommen unmöglich zu lachen. Nein, nein, sagte er, nichts Tragisches, eine Geschichte, genauso komisch wie die bisherigen. Aber am Ende sagte meine Frau auf einmal, was sie noch nie gesagt hatte, und das war der Punkt!, sagte Kagraner, sie sagte: Im Grunde geht es mir genauso. Das hat sie gesagt?, fragte ich. Ja, sagte er. Das kann sie nicht so gemeint haben, das wird sie sicher nicht so gemeint haben, sagte ich. Meinen Sie?, fragte er. Ich bin überzeugt davon, sagte ich. Es hat aber den heftigsten Streit ausgelöst, sagte Kagraner, den wir seit langem hatten.

Wieder keine Geschichte

Zuerst hatten die Elektriker getrödelt, dann ein falsches Loch gestemmt und schließlich ausgerechnet in der Zeit, in der ich mir das Spiel Nottingham gegen Chelsea ansehen wollte, eine Leitung durch mein Fernsehzimmer legen müssen, sodass ich ihnen verärgert den Hausschlüssel überließ und ins Kaffeehaus übersiedelte, in der Hoffnung, Kagraner würde da sein und mich aufmuntern, und um ein wenig auf der Terrasse zu sitzen, die aber, als ich ankam, bis auf den letzten Platz besetzt war, was mich ein weiteres Mal verärgerte. Auch im Inneren des Cafés gab es aus unerfindlichen Gründen, wieso gerade an diesem Tag?, auf den ersten Blick keinen freien Platz. Ich fand trotzdem einen. Und da stand auch schon Kagraner vor mir, aber dermaßen aufgebracht, dass ich nicht gleich verstand, was er sagte. Stehen in der Tür und besprechen die Möglichkeiten, mit öffentlichen Verkehrsmitteln von hier in den 19. Bezirk zu kommen, der eine sagt mit der U4 und anschließend mit der Straßenbahnlinie D, der andere sagt, nein, mit der Linie 43 bis zur Endstation, und der Dritte sagt, Unsinn, vollkommen falsch, mit der U2 und dann mit der Linie 38, und rücken nicht zur Seite, sagte Kagraner, ohne sich zu setzen, das müssen Sie sich vorstellen, rücken nicht zur Seite! Wie bitte?, sagte ich. Und sage ich, Verzeihung, die Herren, würden Sie bitte den Durchgang frei machen, keine Reaktion!, sagte Kagraner, nicht die geringste! Weiter geht es mit Linie 42 und 43 und 38! Und dränge ich mich einfach durch, wie sollte ich sonst hier hereinkommen?, sagte Kagraner, sagte der eine *Rowdy,* der andere *keine Manieren* und der dritte *Prolet*. Und sage ich zum Kellner, Verzeihung, könnten Sie die Herren nicht bitten, den Eingangsbereich zu räumen und draußen weiterzureden, sagt der, tut mir leid, ich hab zwanzig Leberknödelsuppen zu servieren. Hier im Lokal?, sagte ich etwas verwirrt. Natürlich hier im Lokal, sagte Kagraner. Von welchem Lokal spreche ich denn! Nur von diesem Lokal! Von welchem Lokal sonst! Wir sitzen ja in diesem Lokal oder sitzen wir woanders? Tut mir leid, sagte ich, ich hab nichts gesehen. Sie haben nichts gesehen?, sagte er. Sehen nicht, mit welcher Impertinenz und Unverfrorenheit sich gewisse Herrschaften in öffentlichen Räumen aufzuführen pflegen, Gäste des Cafés beim Betreten des Cafés nicht nur brutal behindern, sondern auch noch demütigen? Noch dazu, und das ist das Empörendste!, sagte Kagraner, vom Kaffeehauspersonal mit dem Hinweis auf Leberknödelsuppen in keiner Weise zurechtgewiesen! Nein, sagte ich, ich bitte um Verzeihung, aber ..., und zeigte auf die aufgeschlagene Zeitung vor mir. Sitzen hier und lesen Zeitung und sehen nichts?, sagte Kagraner. Wie kann man Zeitung lesen, wenn rundum die Menschenwürde mit Füßen getreten wird! Aber ich bitte Sie, sagte ich und legte die Zeitung weg, das ist doch sicher nur ein ... Nein, sagte Kagraner, das ist kein Missverständnis! Und überhaupt, sagte er, das ist nicht nur ein *nur!* Das ist letztklassig, verstehen Sie! Unterste Lade! Dass Sie sich überhaupt je hier herein verirren konnten, in diese Spelunke! Und das nennen Sie Ihr Stammlokal? Jetzt muss ich Sie aber doch bitten, sagte ich, allmählich erbost. Nein, sagte er, wie diese Dame dort in ihrem Mund herumfingert, letztklassig! Dieser Herr dort herumschreit, letztklassig! Der Kellner mit seinen Leberknödelsuppen es nicht der Mühe wert findet, nach den Leberknödelsuppen eine Entschuldigung auszusprechen! Nicht nur letztklassig! Ein Skandal! Jetzt beruhigen Sie sich doch bitte, sagte ich, als die Gäste am Nebentisch bereits aufmerksam wurden und hersahen. Es tut mir leid, sagte Kagraner und stand auf, da gibt es nichts zu beruhigen! Das Gästeangebot in diesem Lokal lässt auf bestürzende Weise primitivste zivilisatorische Standards in jeder Hinsicht vermissen! Vom Personal ganz zu schweigen! Ich bitte Sie also, es mir nicht übel zu nehmen, sagte Kagraner, wenn ich mich auf der Stelle empfehle, drehte sich um und ging, ehe ich noch antworten konnte. Worauf ich mich, angesichts dieses mäßig gelungenen Tages, ausgiebig betrank und zur Sperrstunde heim in meine Stadtwohnung wankte, die für mich in dieser Nacht, obwohl in unmittelbarer Nähe, äußerst schwierig zu erreichen war.

Was ist los mit Kagraner?, dachte ich tags darauf. Woher diese Unbeherrschtheit, die Kagraners Art bisher nie gewesen war? Was war geschehen? Eine Kündigung? Eine Versetzung? Ein neuerlicher Streit mit seiner Frau?

Etwas Spezielles, vielleicht Entscheidendes war im Gange, das spürte ich. Nach der Erzählung über die Frau, die keine Zeit hatte, und die für mich niemand anderer war als Kagraners Frau selbst, auch wenn er die Kinder in der Erzählung etwas älter sein ließ als seine eigenen, und nach diesem, in seiner Heftigkeit mir nicht wirklich gerechtfertigt erscheinenden Wutanfall im Café, kam es mir vor, als würden Kagraner und seine Geschichten nun doch in eine heiße Phase treten. Ich war mir nicht sicher, ob ich mich dem gewachsen fühlte. Ob ich mich dem gewachsen fühlen wollte. Ob ich, trotz meiner Neugier, wirklich all das wissen wollte, was mir Kagraner nun offenbar zu erzählen bereit war, was er mir unbedingt erzählen musste. Aber warum? Zu welchem Zweck? Und warum mir? Was erwartete er von mir?

Und tatsächlich ging es dann Schlag auf Schlag.

Die Geschichte von der Zurückgebliebenheit

Meine Frau geht mir auf den Geist, sagte Kagraner außer Atem, als er sich den Mantel auszog und sich in die Polsterung fallen ließ. Und ich bitte Sie zu entschuldigen, dass ich mit der Tür so ins Haus falle, aber ich kann es nicht mehr hören, sagte Kagraner, er sei zu klein, er esse nicht, er sage dauernd *Eisenbahn*. Wer?, fragte ich, wer ist zu klein? Mein Sohn, sagte Kagraner. Gerade als ich gehen möchte, kommt meine Frau von der Montessori-Spielgruppe und sagt, wenn die anderen miteinander spielen, spielt er allein. Wenn ihn eine Betreuerin dazu bewegen möchte, zu den anderen zu kommen, sagt er *Eisenbahn* und spielt weiter mit der Eisenbahn. Wenn die anderen sich an den einen Tisch setzen, um auf das Essen zu warten, setzt er sich an den anderen Tisch, um dort auf das Essen zu warten. Es ist zum Herzerweichen, sagt meine Frau, wie er dort allein sitzt und wartet, aber nichts bekommt, weil alle an dem einen Tisch zu sitzen haben. Und er ist nicht zu bewegen, sagt meine Frau, sich ebenfalls an den einen Tisch zu setzen, sondern bleibt dort sitzen, wo er sitzt, und schaut hinüber zu dem Tisch, wo die anderen sitzen und essen. Wobei er wahrscheinlich sowieso nichts essen würde, sagt meine Frau, er isst ja nie eine Jause, warum sollte er ausgerechnet dort eine essen. Eben, sage ich, sagte Kagraner. Aber alle essen, sagt meine Frau. Alle sind im gleichen Alter wie er und reden in ganzen Sätzen. Alle sind im gleichen Alter wie er und spielen miteinander. Muss er ja nicht, sage ich. Deswegen hast du ihn ja genau dorthin gebracht und nicht in den städtischen Kindergarten. Ja, sagt meine Frau, aber ich sitze dort und muss zusehen, wie alle dasselbe tun und er nicht. Dabei dürfte ich gar nicht drin sitzen bei ihm, sondern müsste draußen sitzen, wie die anderen Mütter auch, und stricken. Du musst stricken?, sage ich zu meiner Frau. Nein, sagt sie, muss ich nicht. Aber draußen sitzen, das muss ich. Und wenn alle stricken, komme ich mir dumm vor, wenn ich nicht stricke. Und heute sagt mir eine Mutter ausdrücklich, sagt meine Frau, dass ich hinausgehen soll, weil, wenn ich drin sitze, alle anderen Kinder auch wollen könnten, dass ihre Mütter drin sitzen und nicht draußen und stricken. Dann sollen sie doch, sage ich. Ist aber nicht vorgesehen, sagt meine Frau. Vorgesehen ist, dass die Kinder drin sitzen und die Mütter draußen. Und warum sitzt dann du drin?, sage ich. Weil dein Sohn will, dass ich drin sitze, sagt meine Frau. Und die anderen Kinder?, sage ich. Wollen das eben nicht, oder es ist ihnen egal, ob ihre Mütter drin sitzen oder draußen. Dann sitzt halt du allein drin, sage ich. Du hast gut reden, sagt meine Frau und weint, tatsächlich weint sie, sagte Kagraner, was ich schon überhaupt nicht ausstehen kann! Du bist ja nicht dabei, sagt sie und weint. Er ist der Kleinste von allen, er spricht am wenigsten, er ist der Dünnste von allen, er spielt als Einziger mit niemandem. Er kommt mir vor wie zurückgeblieben, sagt meine Frau und weint, mit seiner Eisenbahn, und wie er herumkriecht am Boden, wo die anderen herumlaufen, und wie er immer dasselbe macht, wo die anderen alles machen, und wie er nicht einmal ein Brot streichen kann, wo die anderen ununterbrochen Brote streichen können. Das wird schon werden, sage ich. Du nimmst das nicht ernst, sagt meine Frau. Aber sicher, sage ich, schon halb auf dem Gang, aber ich muss jetzt gehen. Es interessiert dich nicht, sagt meine Frau und weint, es lässt dich kalt, dass er zurückgeblieben ist. *Zurückgeblieben,* sage ich, jetzt hörst du aber auf mit dem Unsinn. Was heißt *Unsinn,* sagt meine Frau, Andrea sagt auch, größenmäßig ist er eher im unteren Bereich, was sagt denn der Arzt dazu. Und Sandra sagt auch, in seinem Alter müsste er schon in ganzen Sätzen sprechen, was sagt denn der

Psychologe dazu. Er wird halt drei Monate später in ganzen Sätzen sprechen, sage ich. Nie, sagt meine Frau, nie wird er in ganzen Sätzen sprechen! Er wird sich halt erst in einem halben Jahr das Brot streichen können, sage ich. Nie, sagt meine Frau, nie wird er sich ein Brot streichen können, auch in zehn Jahren nicht! Jetzt lass ihn in Ruh, sage ich. Ich bin so enttäuscht von ihm, sagt meine Frau und weint. Ihr sollt ihn in Ruh lassen, ihr blöden Mütter, sage ich, jetzt schon ziemlich verärgert, und gehe. Sie sind einfach gegangen?, sagte ich. Natürlich, sagte Kagraner, sonst wäre ich ja nie pünktlich hier eingetroffen. Allerdings, sagte er, nicht ohne meinen Sohn vorher in die Arme zu nehmen und zu küssen. Und, fragte ich, wie hat er reagiert? Er hat zurückgeküsst, sagte Kagraner lachend. So zurückgeblieben ist er auch wieder nicht.

Die Geschichte vom Kino, von der Schallaburg und von Tulln

Also, die Sache geht so, sagte Kagraner, nachdem er sich Zucker in den Kaffee gegeben und den ersten Schluck genommen hatte. Meine Frau sagt: Du hast dich noch nie um die Kinder gekümmert. Oder: Du hast noch nie etwas mit den Kindern unternommen. Oder: Du hast dich noch nie für die Kinder interessiert. Und ich sage: Gestern war ich mit Ralph im Kino. Darauf sie: Ja, ein Mal warst du mit Ralph im Kino. Darauf ich: Ich war auch vor zwei Wochen mit Ralph im Kino. Ja, sagt sie, weil ich gesagt habe, geh doch mit Ralph ins Kino. Nein, sage ich, das hast du nicht gesagt. Du hast gesagt, geh doch mit Ralph allein ins Kino, nachdem ich gesagt hab, ich geh mit Ralph ins Kino, gehst du mit?, und du gesagt hast, nein, leider, ich kann nicht, ich hab noch eine dringende Arbeit zu erledigen. Worauf sie sagt: Hätte ich die dringende Arbeit liegen lassen sollen, nur weil du ein Mal in zehn Jahren mit Ralph ins Kino gehen willst? Verstehen Sie, sagte Kagraner, was ich damit andeuten möchte? Sicher, sagte ich. Oder ich sage, sagte Kagraner, um Ihnen ein weiteres anschauliches Beispiel zu nennen: Heut würde ich gern Schloss Kirchstetten im Weinviertel besichtigen. Und meine Frau sagt: Ich habe mir gedacht, wir könnten Schloss Grafenegg im Waldviertel besichtigen. Oder sage ich, Schloss Grafenegg im Waldviertel, und meine Frau sagt, Schloss Kirchstetten im Weinviertel. Worauf ich im ersteren Fall sage: Im Schloss Grafenegg waren wir noch nie. Oder, falls wir schon im Schloss Grafenegg waren: Im Schloss Kirchstetten waren wir noch nie. Worauf meine Frau sagt, falls ich *Kirchstetten* sage: Aber in Grafenegg gibt es einen englischen Garten, in dem wir spazieren könnten. Worauf ich sage: Aber es schaut regnerisch aus. Worauf meine Frau sagt: Bei dir schaut es immer regnerisch aus. Nein, sage ich, es schaut nicht immer regnerisch aus, aber heute schaut es regnerisch aus. Wenn es darum geht, mit mir und den Kindern irgendwo hinzugehen, sagt sie dann, schaut es bei dir immer regnerisch aus. Aber es ist nicht abzustreiten, sage ich, gehe zum Fenster und zeige auf die Wolken, dass es heute sehr wohl regnerisch ausschaut. Dann bleiben wir halt daheim, sagt meine Frau. Nein, sage ich, wir müssen nicht daheim bleiben. Wir könnten auf die Schallaburg gehen und uns die Ausstellung *Die Sechzigerjahre. Beatles, Pille und Revolte* ansehen. Oder die Ausstellung *Weinbau in Niederösterreich*? Nein, sagte Kagraner, falsch!, diese Ausstellung war nicht auf der Schallaburg. Kennen Sie sich aus bei Ausstellungen?, fragte er. Nein, sagte ich, tut mir leid, ich gehe nie in Ausstellungen. Sie gehen nie mit Ihren Kindern in Ausstellungen? Oh, Verzeihung, sagte er, Sie haben ja keine Kinder. Nein, sagte ich. Dann können Sie sich mit Ausstellungen auf Burgen natürlich nicht auskennen, sagte er. Jedenfalls war diese Weinbauausstellung nicht auf der Schallaburg. Ich tippe auf Burg Liechtenstein, sagte Kagraner. Aber egal. Es ist auf alle Fälle die Schallaburg, auf der es immer Ausstellungen gibt, zum Beispiel *Napoleon. Kaiser, Feldherr und Genie*, oder *Die lange Nacht der Indianer*, die meinen Sohn begeistert hat, oder *Byzanz. Das Imperium im Osten*, die interessanterweise meine Tochter begeistert hat. Ich sage also: Dann fahren wir auf die Schallaburg und schauen uns die Ausstellung *Die Sechzigerjahre. Beatles, Pille und Revolte* an. Da macht es nichts aus, wenn es regnet. Aber meine Frau sagt: Mit den Kindern hab ich besprochen, wir fahren nach Grafenegg in den englischen Garten, und jetzt willst du auf einmal auf die Schallaburg. Worauf ich sage: Mit mir hat niemand etwas besprochen. Worauf sie sagt: Weil niemand damit gerechnet hat, dass du mitfährst. Dann hättest du mich gefragt, sage ich. Was soll ich dich da fragen?, sagt sie. Du unternimmst ja nie etwas mit den Kindern. Du interessierst dich ja nie für die Kinder. Du hast dich ja noch nie um die Kinder gekümmert. Oder, sagte Kagraner, falls Sie noch Zeit haben ... Jaja, sagte ich, durchaus. Denn ich will auf keinen Fall, dass Sie meinetwegen Termine verpassen, sagte er. Nein, nein, sagte ich. Dann noch schnell dieses letzte, wie ich meine, besonders anschauliche Beispiel, sagte Kagraner, beinahe mein Lieblingsbeispiel. Meine Frau sagt: Morgen fahren wir mit dem Rad nach Tulln. Ich sage: Ihr fahrt morgen mit dem Rad nach Tulln? Ja, sagt sie, die Kinder und ich fahren morgen mit dem Rad nach Tulln. Und ich, sage ich, was tue ich? Ich weiß nicht, sagt meine Frau, was du tust. Vielleicht möchte ich mitfahren, sage ich. Mit dem Rad?, sagt sie. Nein, sage ich, nicht mit dem Rad. Hab ich mir gedacht, sagt sie, daher habe ich dich auch gar nicht gefragt. Wir könnten ja auch ohne Rad irgendwo hinfahren, sage ich. Ich will aber mit dem Rad fahren, sagt meine Frau, die Kinder sollen auch mit dem Rad fahren. Ich sitze die ganze Woche am Computer, die Kinder sitzen die ganze Woche in der Schule. Wir könnten ja auch wandern, sage ich. Du und wandern!, sagt meine Frau. In der Hagenbachklamm, sage ich. Worauf sie sagt: Nicht schon wieder die Hagenbachklamm! Wann waren wir das letzte Mal in der Hagenbachklamm?, sage ich. Das ist ja kein Wandern in der Hagenbachklamm, sagt sie, das ist ein Spazierengehen. Dann gehen wir halt spazieren, sage ich. Du hast gesagt, du hast keine Zeit, sagt sie. Das war vorige Woche, sage ich. Das sagst du jede Woche, sagt sie. Worauf ich sage: Das sage ich nicht jede Woche. Darauf sie: Du sagst es vielleicht nicht, aber Zeit hast du trotzdem keine. Morgen habe ich Zeit, sage ich. Aber wir haben uns schon vorgenommen, sagt meine Frau, dass wir mit dem Rad fahren, und zwar nach Tulln. Denn du unternimmst ja nie etwas mit den Kindern. Nur im letzten Moment kommst du drauf, dass du doch einmal etwas mit den Kindern unternehmen solltest, und dann hast du plötzlich Zeit. Aber da sitzen wir schon auf dem Rad. Und fahren nach Tulln.

Nicht von schlechten Eltern, dachte ich im ersten Moment, eine in diesem Fall vielleicht nicht ganz passende Redewendung, da braut sich ja tatsächlich einiges zusammen!

Und plötzlich, ich stand gerade in der Mansarde und überlegte, wie ich sie mir am zweckmäßigsten einrichten könnte, tauchte genau jene Frage auf, die ich, aus für mich durchaus plausiblen Gründen, die ganze Zeit über mit viel Aufwand vermieden hatte, mir ernstlich zu stellen, nämlich, ob Kagraners Frau, zumindest teilweise, wie ich selbst gleich einschränkend hinzufügte, nicht doch recht hatte mit ihren Vorwürfen, dass Kagraner unempfindlich geworden war, egoistisch und rechthaberisch, dass er sich für niemanden interessieren konnte, schon gar nicht für sie, dass er irreparabel gestört sei, jähzornig, uneinsichtig, ohne Empathie, prinzipiell beziehungsunfähig, ein toter Fisch, wie sie ihn einmal genannt haben soll.

Nein, sagte ich mir, beim besten Willen, so kann ich mir Kagraner nicht vorstellen. Andererseits aber musste ich mir eingestehen, dass es für mich nicht möglich war, bei all den Argumenten für Kagraner, und bei all dem Widerwillen seiner Frau gegenüber, so wie er sie mir schilderte, die Frage, wer recht hatte, wann und womit und wann und womit nicht, zu entscheiden. Denn sicher übertrieb Kagraner in seinen Erzählungen, davon ging ich aus, dramatisierte und spitzte zu, in Bezug auf sich und seine Frau vermutlich in ergiebigem Ausmaß, reduzierte, was ihn ärgerte, störte oder Kopfzerbrechen bereitete, auf das für ihn Wichtige und Brauchbare und zwang sicher allem, wie sollte es anders sein bei Erzählungen?, unbekümmert und ungehemmt seine Perspektiven auf. Jedenfalls, so misstrauisch ich Kagraners Geschichten gegenüber geworden war, so misstrauisch war ich inzwischen auch meinen eigenen Versuchen gegenüber, die Frage nach Schuld und Unschuld beziehungsweise nach der jeweiligen größeren oder kleineren Menge an Schuld auch nur ansatzweise zu klären.

Schließlich verließ ich die Mansarde missmutig, ich hatte keinen Kopf mehr für Einrichtungsfragen, gab den Arbeitern noch ein paar unnötige Anweisungen und lief bis in die Abendstunden in der Gegend umher, ohne letztlich ein sinnvolles oder gar beruhigendes Ende meiner Überlegungen gefunden zu haben.

Die Geschichte vom Geschlechtsverkehr

Sie müssen sich nicht wundern, sagte Kagraner, wenn ich jeder Frau nachschaue, die hier hereinkommt. Ich habe seit zwei Wochen, und ich bitte Sie, mir meine Direktheit zu verzeihen, aber es liegt mir viel daran, es endlich auszusprechen!, keinen Geschlechtsverkehr. Aber wieso, sagte ich, bemüht, mir keine Überraschung anmerken zu lassen, Sie hatten doch Urlaub zu Weihnachten. Nicht nur ich hatte Urlaub, sagte Kagraner, auch meine Kinder hatten Ferien. Die sie doch sicher nicht nur zu Hause verbracht haben, sagte ich, oder? Natürlich nicht, sagte Kagraner, aber mit ihnen haben auch wir sie nicht zu Hause verbracht. Aber doch nicht jeden Tag, sagte ich, so klein sind Ihre Kinder doch auch nicht mehr, oder? Natürlich war der eine oder die andere auch allein unterwegs, sagte Kagraner, mit Freunden, aber immer ist einer übrig geblieben. Und am Abend?, fragte ich. Da waren wir ständig zu Besuch, sagte Kagraner, oder hatten Besuch. Aber doch nicht jeden Tag, sagte ich. Wenn nicht Besuch, dann Fernsehen, sagte Kagraner, und wenn nicht Fernsehen, dann Spiele. Aber um neun werden sie doch spätestens schlafen gegangen sein, sagte ich. In den Ferien gehen Kinder nie um neun schlafen, sagte Kagraner, sondern frühestens um zwölf, schon allein deswegen, weil sie mit all den elektronischen Sachen, die sie zu Weihnachten bekommen haben und mit denen sie untertags nicht ausreichend spielen können, am Abend spielen müssen. Und wenn ich sage, es ist neun, jetzt braucht ihr die Playstation nicht mehr anzuwerfen und die DVD nicht mehr einzulegen, dann sagen sie, es sind Ferien, da dürfen wir. Aber bis zwölf, sagte ich, ist das nicht ein bisschen lang? Wenn sie einmal ein Spiel begonnen haben, sagte Kagraner, dann ist das überhaupt nicht lang. Und Sie ahnen nicht, sagte er, welche Dramen sich um Mitternacht abspielen, wenn mein Sohn am

Gameboy, wie er sagt, mitten in einem Kampf ist, den er noch gewinnen möchte, und meine Tochter am Computer gerade eine neue Figur kreiert, und ich sie auffordere, sofort alles abzubrechen und schlafen zu gehen. Welche Schreiduelle! Welche Vorwürfe und Drohungen! Welche Weinkrämpfe! Aber irgendwann wird doch Ruhe sein, sagte ich. Irgendwann ist auch Ruhe, sagte Kagraner, aber dann schläft meine Frau auch schon seit zwei Stunden.

Die Geschichte vom Wochenende

Sehen Sie, sagte Kagraner, meine Frau hat von Zeit zu Zeit einen Moment, wie gestern Abend, wo sie mich, vollkommen außer sich, einen erbärmlichen Ehemann nennt. Einen erbärmlichen Ehemann?, sagte ich. Nicht nur das, sagte Kagraner, auch einen egozentrischen Vater, einen hässlichen Mann und einen saumäßigen Liebhaber. Aber das wird Ihnen nicht gänzlich unbekannt sein. Mir?, sagte ich. Wieso mir? Sie sind doch auch verheiratet, sagte Kagraner, oder? Nein, sagte ich. Richtig, sagte er, aber zusammenleben werden Sie doch mit jemandem? Zurzeit nicht, sagte ich. Sie Glücklicher!, sagte er. Aber unbekannt wird es Ihnen trotzdem nicht sein, sagte er, oder gehe ich da falsch in der Annahme? Keinesfalls, sagte ich, ich weiß sehr gut, wovon Sie sprechen. Freut mich, sagte Kagraner, dass wir uns verstehen. Jedenfalls waren wir letztes Wochenende bei Freunden von mir auf dem Land eingeladen, sagte er. Schönes Wetter war angekündigt, und Sie wissen, es waren ja tatsächlich ein paar wunderschöne, nahezu sommerliche Tage. Und meine Freunde waren sehr zuvorkommend, sagte Kagraner. Wir saßen in der Sonne, spazierten über Felder, aßen und tranken sehr gut, nahmen an Darbietungen teil im Rahmen eines Dorffestes und sprachen in Anwesenheit meiner Frau kein Wort über Geschäfte, was ich auch ganz selbstverständlich fand. Worüber ich auch kein Wort verlor. Denn ein Wort darüber verlieren hätte leicht heißen können, es ist doch nicht selbstverständlich, und meine Frau leicht dazu verleiten können zu sagen: Es wäre dir also doch lieber gewesen, zwei Tage lang über Geschäfte zu reden. Und wenn ich ihr gar gesagt hätte, sagte Kagraner, wir haben erst über Geschäfte gesprochen, nachdem du schlafen gegangen bist, hätte sie sicher gesagt: Es war euch also ganz lieb, dass ich nicht dabei war, als ihr Wein getrunken habt bis zwei Uhr früh. Wobei meine Frau natürlich nicht deswegen schon um elf schlafen gegangen ist, weil wir vorhatten, über Geschäfte zu reden und ohne sie Wein zu trinken, sagte Kagraner, sondern deswegen, weil sie von der Woche davor derartig erschöpft war, dass sie, wie sie es mir selber sagte, einfach schlafen gehen wollte, um sich endlich auszuschlafen. Ein Gespräch darüber, sagte Kagraner, wäre mit ihr in diesem Moment unter keinen Umständen möglich gewesen. Ist in solchen Momenten, sagte Kagraner, nie möglich. Und ihre plötzliche Aufforderung zum Aufbruch am letzten Abend, mit dem Hinweis darauf, die Kinder seien total erledigt und müssten nach Hause, erschien mir angesichts der Kinder, die, sicher müde, allen sichtbar aber doch noch herumtollten, als Unsinn und als Schikane und Rücksichtslosigkeit mir gegenüber, sagte Kagraner, Sie verstehen das!, der ich mit meinen Freunden einfach noch eine halbe Stunde in dieser milden Abendluft in Ruhe hätte verbringen wollen. Sodass ich sehr heftig darauf reagierte, vielleicht überreagierte, sagte Kagraner. Und erst später, leider zu spät, sagte Kagraner, bemerkte ich, dass nicht die Kinder, sondern meine Frau selber total erledigt war und heim wollte, und dass ich außerdem im Kreise meiner Freunde naturgemäß derjenige war, auf den sich alle hauptsächlich bezogen. Auch wenn ich den Eindruck hatte, sagte Kagraner, oder vielleicht wollte ich nur diesen Eindruck haben, sagte er, dass meine Frau sehr wohl eingebunden war in die Gespräche und sich auch gut verstand mit allen. Jedenfalls hätte sie mehr Aufmerksamkeit bedurft, sagte Kagraner, das weiß ich jetzt. Sie hat mich ohnehin darauf hingewiesen, sagte er, indem sie mir zwischendurch die Hand auf den Arm oder den Arm um die Schulter gelegt hatte. Aber ich bemerkte es nicht. Ich wollte es nicht bemerken, sagte Kagraner. Das ärgert mich. Das tut mir leid. Das nagt. Aber seit gestern spricht sie nicht mit mir. Ein Wort, und es würde mir Erleichterung verschaffen. Aber wieso spricht sie nicht mit mir?, sagte Kagraner. Wieso will sie uns beiden nicht die Erleichterung verschaffen?

Die Geschichte vom Ärger

Sie müssen verzeihen, sagte Kagraner, aber ich bin immer noch fuchsteufelswild. Oh, sagte ich, wieso das? Dabei könnte es ja durchaus sein, dass ich der Sache eine unzulässig große Bedeutung beimesse, sagte er, dass ich gelassener reagieren sollte. Aber wie soll ich gelassen reagieren, sagte Kagraner, bei diesen Vorwürfen, die mir vollkommen ungerechtfertigt, Sie haben richtig gehört!, vollkommen ungerechtfertigt an den Kopf geworfen werden! Wie würden Sie reagieren?, sagte Kagraner. Ich versteh noch nicht, sagte ich. Das würde ich gerne sehen!, sagte Kagraner. Wenn Sie in aller Unschuld, und das ist genau der richtige Ausdruck!, in aller Unschuld ihren Mantel ausziehen, und plötzlich, wie aus heiterem Himmel, prasseln jede Menge Vorhaltungen, Anschuldigungen und Vorwürfe auf Sie nieder! Was für Vorwürfe?, fragte ich. Genau, sagte Kagraner, Vorhaltungen, Anschuldigungen und Vorwürfe! Und alles nur deswegen, sagte er, weil sie mir nicht zuhört. Sie hört mir einfach nicht zu! Wer, sagte ich, wer hört Ihnen nicht zu? Wobei es doch das Mindeste ist, dass man einander zuhört, sagte Kagraner. Oder finden Sie nicht, dass einander zuhören zu den Gepflogenheiten zivilisierter Menschen gehört? Doch, doch, sagte ich, natürlich. Sehen Sie, sagte Kagraner, Sie finden es natürlich! Ich auch! Jeder hier im Lokal würde es natürlich finden! Fragen Sie diese Dame dort. Sie würde es natürlich finden. Oder diesen jungen Mann, ja, den in der Fensternische, der gerade seinen Marillenstreuselkuchen verzehrt. Der würde es sicher vollkommen natürlich finden. Selbst der Kellner, der nicht immer gleich hört, wenn ich ihn rufe, würde es absolut natürlich finden! Aber sie nicht! Sie nie! Sie findet das überhaupt nicht natürlich! Wer?, fragte ich, würden Sie mir bitte erklären ... Ist das nicht absurd?, sagte Kagraner. Das ist extrem absurd, nahezu außerirdisch absurd! Denn ich weiß genau, sagte Kagraner, und da lasse ich mich da hineinstechen, und er zeigte auf seine Halsschlagader, wenn das nicht exakt der Wahrheit entspricht!, dass ich es ihr gesagt habe! Dass ich gesagt habe: Ich bin von Mittwoch auf Donnerstag im Auftrag meiner Firma in München und kann daher leider nicht wie vorgesehen am Mittwochabend zum Elternabend gehen. Das habe ich gesagt, sagte Kagraner. Und was sagt sie, Mittwoch früh, gerade als ich meinen Koffer packe? Das hättest du mir früher sagen können. Und ich sage: Das habe ich doch! Und sie: Ich habe eine Verabredung mit Marianne, auf die freue ich mich seit Tagen, und die muss ich jetzt absagen. Aber ich habe es dir doch gesagt, sage ich noch einmal. Ja, sagt sie, im letzten Moment wie immer. Nein, sage ich, schon vor Tagen. Nicht dass ich wüsste, sagt sie, sonst hätte ich keine Verabredung mit Marianne getroffen. Stellen Sie sich das vor, sagte Kagraner, das sagt sie mir mitten ins Gesicht, ohne mit der Wimper zu zucken! Dabei weiß ich genau, sagte er, es war auf dem Peilstein. Kennen Sie den Peilstein? Nein, sagte ich. Ein Hausberg für Amateurkletterer, sagte Kagraner. Aber egal. Jedenfalls weiß ich genau, so sicher, wie ich hier sitze!, sagte Kagraner, es war auf dem Peilstein, wo ich ihr gesagt habe, dass ich von Mittwoch auf Donnerstag im Auftrag meiner Firma in München bin. Ich kann mich noch genau erinnern, sagte Kagraner. Wir stehen beim Gipfelkreuz, ich erkläre meinen Kindern den Unterschied zwischen Knollenblätterpilz und Parasol, ein Kletterer kommt gerade die Wand hoch, er raucht sich eine Zigarette an, und ich frage ihn noch, ob hier Kletterer auch verunglücken, in diesem Moment fällt ein Zapfen vom Baum, und eines meiner Kinder bückt sich danach, und der Kletterer sagt, selten, aber doch, erst unlängst sei eine Frau in der Wand von einem Stein getroffen worden und abgestürzt. Und da sage ich, wir gehen gerade hinter dem Mann her zur Peilsteinhütte: Was mir gerade einfällt, von Mittwoch auf Donnerstag muss ich im Auftrag meiner Firma dringend nach München und kann daher leider nicht, wie vorgesehen, am Mittwoch zum Elternabend. Das habe ich gesagt, sagte Kagraner, das weiß ich genau! Nicht genau weiß ich, ob sie darauf geantwortet hat und wie. Aber eines der Kinder hat gefragt, im selben Moment, als das andere gesagt hat, Papa, ich habe Durst: Papa, was ist München? Also habe ich es gesagt, sagte Kagraner, und dann baut sie sich vor mir auf, Mittwoch früh, und sagt, ich hätte es nicht gesagt! Ist das nicht aberwitzig absurd? Aber es könnte doch sein ..., sagte ich. Nichts *könnte sein!*, sagte Kagraner. Was bohren Sie ständig mit Ihrem *Aber es könnte sein, aber es könnte sein* in mir herum? Nichts *könnte sein!* Gar nichts! Sie hört mir nicht zu! Und fast hab ich den Eindruck, Sie hören mir auch nicht zu, sagte Kagraner. Ich sage, bitte im Badezimmer das Licht abdrehen. Ich komme ins Badezimmer, und das Licht ist nicht abgedreht. Sie habe es nicht gehört, sagt sie. Ich sage in der Küche zu ihr, ich hätte Hubert getroffen, und ein paar Minuten später, nachdem sie zufällig mit ihm telefoniert hat, sagt sie im Zimmer, vor allen Gästen, die wir an diesem Abend hatten: Das hättest du mir auch sagen können, dass du Hubert getroffen hast. Und sage ich, das habe ich dir doch gesagt, sagt sie, immer noch vor allen Gästen: Aha, jetzt bin ich wieder schuld, dass ich nichts davon weiß. Aber wieso jetzt auf einmal?, sagte Kagraner. Verstehen Sie das? Wieso hört sie mir jetzt, wo sie mir Jahre hindurch immer zugehört hat, auf einmal nicht mehr zu? Und zwar prinzipiell! Prinzipiell hat sie ihr Gehör mir gegenüber abgeschaltet! Prinzipiell bin ich ihres höchst ehrenwerten Gehörs offenbar nicht mehr würdig! Was ist da los? Das war doch sonst nie der Fall! Gut, sagte er, wenn man gerade in Gedanken vertieft ist, man gerade mit etwas die Aufmerksamkeit Fesselndem beschäftigt ist, die Kinder besonderen Krach schlagen und übereinander herfallen. Aber mitten im Wald? Wo es still ist? Auf dem Weg zu einer Hütte? Aber es könnte doch wirklich …, begann ich von neuem. Hören Sie gefälligst auf, mich zu beschwichtigen!, rief Kagraner aus, ich bin fuchsteufelswild! Ich habe jede Berechtigung, fuchsteufelswild zu sein! Oder nehmen Sie sich eigenmächtig das Recht heraus, mir diese Berechtigung abzusprechen? Aber ich bitte Sie, sagte ich erschrocken. Nein, sagte er, und abermals nein! Ich brauche keine Beruhigungsfloskeln! Ich brauche Anteilnahme! Ich verlange, dass Sie meinen Ärger nicht nur respektieren, sagte Kagraner, was Sie in ganz offensichtlich konfrontativer Weise nicht nur nicht tun, auch nicht im Mindesten zu tun gewillt sind!, und da hätte ich wirklich mehr Anstand von Ihnen erwartet, mein Herr!, sondern dass Sie meinen Ärger schüren, dass Sie mir helfen, ihn auf die Spitze zu treiben, verstehen Sie!, ihm eine Gestalt zu geben, eine Berechtigung von optimaler Widerstandsfähigkeit, die es mir erlaubt, ihn mit seiner ganzen Kraft und Wucht gezielt und überzeugend einzusetzen! Und nicht, dass Sie ihn mir nehmen! Ich lasse mir meinen Ärger nicht nehmen! Kapiert!, sagte Kagraner, von niemandem!, stand auf und ging, ohne zu zahlen.

Die Geschichte vom Flug nach London

Und jetzt das!, sagte Kagraner. Er saß bereits beim Kaffee, als ich ankam. Ich entschuldigte mich, aber er winkte ab und sagte, ohne auf seinen abrupten Abgang vom letzten Mal, wie ich es glaubte erwarten zu dürfen, auch nur mit einem Wort einzugehen: Sehen Sie, es war mir nicht ganz unrecht, etwas Zeit gewonnen zu haben und hier in Ruhe sitzen zu können und über die Sache noch einmal nachzudenken. Über die Sache?, fragte ich. Über welche Sache? Über den Flug meiner Frau nach London, sagte Kagraner. Dabei hatte ich mir ursprünglich nichts weiter dabei gedacht, als meine Frau, die im Unterschied zu mir gerne reist und in letzter Zeit öfter den Wunsch geäußert hatte, wieder einmal zu verreisen, mit ihrer Freundin einen Wochenendflug nach London buchte. Ich fliege mit Marianne übers Wochenende nach London, sagte sie, mit den Kindern wirst du ja klarkommen. Sicher komme ich mit den Kindern klar, sagte Kagraner. Und ich hatte mir auch gedacht, das trifft sich gut, da habe ich etwas Ruhe, um anstehende Arbeiten zu erledigen. Aber dann dachte ich, sagte Kagraner, sie ist ja noch nie mit einer Freundin, auch nicht mit mir, übers Wochenende irgendwo hingeflogen. Und nun fliegt sie mit einer Freundin ganz selbstverständlich nach London. Und hat es auch so gesagt, als wäre es vollkommen selbstverständlich, sagte Kagraner, nicht mit mir, sondern mit einer Freundin zu einem Kurzurlaub nach London zu fliegen. Was im Klartext wohl so viel heißt wie, nicht mit dir, meinem Mann, sondern mit meiner Freundin Marianne möchte einen Kurzurlaub machen. Das würde ich aber nicht so auf die Goldwaage legen, sagte ich. Schon, schon, sagte Kagraner. Was mich aber verblüfft, mich sogar ein wenig erschreckt, ist, dass ich es anfangs offenbar ebenso selbstverständlich gefunden habe. Nichts hat sich geregt in mir, kein Widerstand, keine Empörung.

Auch keine Kränkung. Oder Eifersucht. Ich wäre auch nie auf die Idee gekommen, dass es vielleicht gar nicht Marianne ist, mit der sie nach London fliegt. Ich lachte. Sie lachen, sagte Kagraner, aber seltsamerweise bin ich auf diese Idee gekommen! Nein!, sagte ich. Doch!, sagte er. Dass auf dem Flughafen nicht Marianne wartet, sondern ein Liebhaber. Das meinen Sie nicht ernst!, sagte ich. Aber sicher!, sagte er. Und dass ich vielleicht gut daran täte, meine Frau auf den Flughafen zu begleiten. Wo wir dann möglicherweise tatsächlich keine Marianne vorgefunden hätten. Und dass meine Frau, darauf angesprochen oder nicht darauf angesprochen, sondern von sich aus sagt, das habe schon seine Richtigkeit, Marianne sei vorausgegangen, wolle noch im Dutyfreeshop Verschiedenes einkaufen, Parfüm und Zigaretten, und werde erst beim Gate auf sie warten. Während mich aber in Wirklichkeit nur ihr Liebhaber rechtzeitig erkannt hat. Der würde Sie erkennen, meinen Sie?, sagte ich. Natürlich würde meine Frau entsprechende Vorkehrungen getroffen haben! Sie ist ja nicht auf den Kopf gefallen, sagte er. Natürlich würde sie ihm gesagt haben, falls sie mit einem Mann käme, wäre das mit an Sicherheit grenzender Wahrscheinlichkeit niemand anderer als ich, ihr Mann. Denn welcher Mann sonst sollte sie auf den Flughafen begleiten? Worauf er, der Liebhaber, nichts anderes zu tun habe, was sie ihm sicher eingebläut haben würde, sagte Kagraner, und wie!, da kennen Sie meine Frau schlecht!, als schleunigst durch die Kontrolle zu verschwinden und drinnen im Café auf sie zu warten! Das ist doch klar!, sagte Kagraner. Das ist doch einleuchtend, sagte er, für jeden! Welche Frau würde nicht so handeln? Nennen Sie mir eine!, sagte er. Los, nennen Sie mir eine, die nicht so handeln würde! Ja, sicher, klar, sagte ich, etwas perplex über die plötzliche Aufforderung. Aber nicht mit mir!, rief er aus. Mit mir nicht! Da würde ich schon eine Stunde vor ihr, unter dem Vorwand, heute früher ins Büro zu müssen, ein Taxi rufen und mich gut getarnt hinter Reisenden in der Abflughalle aufstellen und auf sie warten. Aber finden Sie nicht, sagte ich vorsichtig, wenn Sie mir ein Wort gestatten, dass Sie das der Lächerlichkeit preisgeben würde? Der Lächerlichkeit?, sagte er. Ich fürchte fast, sagte ich. Er sah mich an. Er hob die Tasse, in der noch etwas kalter Kaffee war, und trank sie leer. Natürlich, sagte er schließlich, Sie haben absolut recht. Aber Sie müssen wissen, es war für uns immer selbstverständlich, dass wir, wenn wir über das Wochenende wegfahren, gemeinsam wegfahren. Außer es gibt geschäftliche Gründe. Auch hat meine Frau nicht gesagt, was sie eigentlich hätte sagen können, sagte Kagraner, und was sie früher mit hoher Wahrscheinlichkeit auch gesagt hätte, und das ist mir interessanterweise erst jetzt, als ich allein hier gesessen bin und darüber nachgedacht habe, sagte er, eingefallen: Ich würde gern mit Marianne nach London fliegen, macht es dir etwas aus? Oder: Ausspannen würde dir auch nicht schaden, die Kinder können wir zu meinen Eltern geben, willst du nicht mitfliegen? Oder: Ich fliege diesmal mit Marianne nach London, sie hat Geburtstag, aber im Mai hast du Geburtstag, da fliegen wir gemeinsam nach Lissabon. Nichts davon, sagte Kagraner, nichts hat sie gesagt, nichts dergleichen, nur: Ich fliege mit Marianne übers Wochenende nach London. Und ich habe auch nichts gesagt, weder: Wieso auf einmal nach London?, noch: Wieso stellst du mich vor vollendete Tatsachen?, noch: Wieso mit Marianne und nicht mit mir?, oder gar: Hast du einen Liebhaber? Nichts habe ich gesagt, sagte Kagraner, sondern es einfach hingenommen, es einfach nicht weiter der Rede wert befunden, dass sie nichts gesagt hat und dass ich nichts gesagt habe und dass sie einfach nicht mit mir, sondern mit Marianne nach London geflogen ist. Aber wieso?, sagte Kagraner. Und wieso das alles ausgerechnet jetzt auf einmal?

Nein, das hätte ich nicht sagen sollen, dachte ich hinterher, aber nicht gleich, sondern erst, als mir der Installateur vom aktuellen Stand der Premier League erzählte und von seiner Frau, die seine geplante Reise zu einem Meisterschaftsspiel in Leeds nicht billigte, wusste ich: Das hätte ich nicht sagen sollen. Ich hätte nicht sagen sollen: Das dürfen Sie nicht auf die Goldwaage legen. Ich hätte vielmehr sagen sollen: Das dürfen Sie nicht dulden! Das dürfen Sie nicht hinnehmen! Ich hätte sagen sollen: Das beginnt mit drei Tagen London oder mit drei Tagen Paris und endet unweigerlich, da können Sie Gift drauf nehmen!, mit drei Wochen Teneriffa. Ohne Sie! Und Sie sitzen daheim und fragen sich: Wieso muss ich jetzt drei Wochen allein daheim sitzen? Sie kommen nach der Arbeit nach Hause, und da ist niemand. Nicht einen Tag, nicht zwei, sondern drei Wochen. Außer die Kinder. Ich hätte zu Kagraner sagen sollen: Ich habe Männer gekannt, die haben am dritten Tag zu trinken begonnen. Und solche, die sind jeden Tag weinend allein vor dem Fernsehapparat gesessen. Oder solche, die haben nach einer Woche Ärzte aufgesucht, um sich Antidepressiva verschreiben zu lassen. Ich weiß, hätte ich zu Kagraner sagen sollen, manche sagen: Wieso soll meine Frau nicht einmal auch allein wegfahren? Nein, hätte ich Kagraner darauf sagen können, eine solche Ansicht führt direkt ins Verderben, und zwar immer. Und wie sie ins Verderben führt! Denn ich kenne Männer, die sind als Revanche, aber in Wirklichkeit aus Verzweiflung, dann ihrerseits allein weggefahren, in der Hoffnung, ihre Frau würde im letzten Moment doch noch darauf bestehen mitzufahren. Aber sie hat nicht darauf bestanden. Sondern ist ihrerseits wieder allein weggefahren, ebenfalls als Revanche, noch länger und noch weiter. Sodass wieder er als Revanche, und dann wieder sie als Revanche, und so weiter bis zum bitteren Ende. Aber das hatte ich Kagraner nicht gesagt. Ich hatte ihn nicht provozieren wollen. Vor allem angesichts der Tatsache, dass er einmal sehr heftig betont hatte, sich unter keinen Umständen scheiden lassen zu wollen.

Was mir aber bei all den Geschichten, die er über sich und seine Frau erzählte, schon längst als die naheliegendste Lösung erschien. Und die ich auch einmal, wohl befürchtend, dass sie heftigen Widerspruch oder gar einen Sturm der Entrüstung auslösen könnte, trotzdem, wenn auch mit größtmöglicher Beiläufigkeit und Behutsamkeit, ins Spiel gebracht hatte. Denn sie ins Spiel zu bringen, war mir, da er es nicht tat, ein dringendes Bedürfnis geworden. Und fast hätte er mir, so kam es mir zumindest vor, kaum hatte ich das Wort Scheidung ausgesprochen, die Kaffeetasse ins Gesicht geschleudert, fasste sich aber schnell wieder, tat so, als wäre nichts gewesen, und bekräftigte nur seine Abneigung gegen Scheidungen. Gründe allerdings, warum er sich unter keinen Umständen scheiden lassen wolle, nannte er nicht.

Und ich hütete mich, danach zu fragen. Oder je das Thema wieder anzusprechen. Was mir mit den Bemerkungen über verlassene Ehemänner sicher gelungen wäre.

Aber, zu meinem Bedauern, besser wurde nichts deswegen.

Zum dritten Mal keine Geschichte

Kagraner begrüßte mich, setzte sich, bestellte Kaffee und versank in ein tiefes Schweigen. Ich wusste nicht, was ich tun sollte. Es war noch nie vorgekommen, dass er nicht nur keine Lust zeigte, eine Geschichte zu erzählen, sondern auch keine, mit mir zu sprechen. Er sah vor sich hin, dann aus dem Fenster, aber sichtlich ohne etwas Bestimmtes sehen zu wollen, er hob nur den Kopf. Alles in Ordnung?, sagte ich. Wie bitte?, sagte er und sah mich erstaunt an, als würde er mich jetzt erst bemerken. Alles in Ordnung?, sagte ich. Nein, sagte er. Darf ich Sie fragen, was Sie bedrückt?, sagte ich. Wer sagt, dass mich etwas bedrückt?, sagte Kagraner. Oder beschäftigt, sagte ich. Darf ich Sie fragen, was Sie beschäftigt? Ja, sagte Kagraner, aber ich fürchte, ich kann Ihnen keine Antwort geben. Verstehe, sagte ich. Es ist alles verrückt, sagte er. Verrückt?, sagte ich. Was genau? Und wie verrückt!, sagte er, total verrückt!, verstehen Sie? Nicht wirklich, sagte ich. Sehen Sie!, sagte er, lehnte sich zurück und versank wieder in sein Schweigen. Ich saß da und wartete. Ich überlegte, ob ich Zeitung lesen sollte. Aber das erschien mir Kagraner gegenüber zumindest unhöflich. Ich denke, ich werde meinen Heimweg antreten, sagte ich und machte Anstalten aufzustehen, es ist schon spät. Sie wollen gehen?, fragte Kagraner. Es ist schon spät, sagte ich, ich hatte einen schweren Tag. Nicht doch, sagte er, bleiben Sie noch. Ich soll noch bleiben?, sagte ich. Ja, sagte Kagraner, ich würde Sie bitten, noch zu bleiben. Wenn es Ihnen nicht zu viel Mühe macht. Nein, sagte ich, aber ich dachte ... Es tut mir gut, hier mit Ihnen zu sitzen, sagte er, verstehen Sie. Einfach hier zu sitzen, auf die leere Terrasse hinauszusehen und Kaffee zu trinken. Nur sitzen und Kaffee trinken. Gut, sagte ich, gern, natürlich. Bestellen Sie sich noch einen Kaffee, sagte er, geht alles auf meine Rechnung. Auch einen Kuchen, wenn Sie wollen. Nein, danke, keinen Kuchen, sagte ich, aber einen Kaffee nehme ich gern. Sehen Sie, sagte er, so ist es gut. Sie erweisen mir einen großen Dienst, wissen Sie das? Der Kaffee kam, und wir tranken ihn, ohne ein weiteres Wort zu wechseln. Kagraner sah vor sich hin, aus dem Fenster, draußen war es bereits dunkel, und auf die Leute zwischen den Tischen, die kamen und gingen. Manchmal sah er mich an, mit einem schwachen Anflug von Lächeln. Das Café leerte sich. Der Kellner kam kassieren. Wir waren die Letzten, die gingen. Ich danke Ihnen für Ihre Geduld, sagte Kagraner vor dem Café, es war ein wunderbarer Abend, gab mir die Hand und verschwand.

Das Haus war fertig, die Mansarde genau so eingerichtet, wie ich es mir vorgestellt hatte, und obwohl ich noch in der Stadt wohnte, das Haus war mir doch noch etwas fremd in seinem neuen Glanz, und ich tat mir schwer, mich zu entschließen, zurück zu übersiedeln, fuhr ich an manchen Tagen hinaus, um von der Mansarde aus über die Stadt zu schauen, besonders, was mir zeitlich manchmal gelang, bei Gewittern an späten Nachmittagen, und ich wusste, dieser Platz würde nach all den Jahren, die ich in diesem Haus schon verbracht hatte, mein neuer Lieblingsplatz werden.

Ich überlegte, Kagraner einzuladen. Aber weder das Haus noch meine Arbeiten daran hatte ich je erwähnt. Sodass ich befürchten musste, Kagraner damit zu verstimmen. Er könnte mir Geheimniskrämerei vorwerfen, ein bewusstes Verschweigen, er habe alles von sich ausgeplaudert und ich von mir nichts. Dabei hätte ich von meinen Problemen am Bau und dem jeweiligen Stand der Dinge sehr gern berichtet. Fast war es auch einmal so weit, als er Mörtelspritzer auf meinem Hemd entdeckte und mich darauf ansprach. Aber er begann, gerade als ich, erfreut über die Gelegenheit, mit meiner Geschichte beginnen wollte, mit seiner Geschichte. Sodass ich, sein Desinteresse zur Kenntnis nehmend, selbst auch kein Interesse mehr hatte, ihm davon zu berichten. Vielmehr achtete ich in der Folge darauf, mir keine Bemerkung entschlüpfen zu lassen, die Kagraner doch noch stutzig machen und ihn nachfragen hätte lassen können.

Vor allem aber befürchtete ich, ihm mit meiner Einladung eine ihm möglicherweise nicht ganz unwillkommene Gelegenheit zu bieten, sich plötzlich, anstatt mir weiter Geschichten zu erzählen, für mein Haus zu interessieren und dafür, was ich wie geplant hätte, ob allein oder mit einem Architekten, warum ich dieses Material verwendet hätte und nicht jenes, was wie viel gekostet habe, und wieso meine Frau nichts am Haus habe ändern wollen, von der ich ihm mei-

nes Wissens auch nie etwas erzählt hatte, in diesem Zusammenhang aber wohl hätte erzählen müssen.

Was ich, nebenbei erwähnt, auch am liebsten getan hätte. Gerade während des Umbaus. Denn gerade während des Umbaus hatte ich am meisten an meine Frau gedacht, und daran, wie sie sich bemüht hatte, mich möglichst oft darauf hinzuweisen, bei jeder passenden und unpassenden Gelegenheit, bei einem Theaterbesuch, vor versammelten Geburtstagsgästen, in einer Eisgrotte im Salzkammergut, dass dieses Haus ihr Haus sei und mir, wie sie sich auszudrücken pflegte, einen Dreck zustehe. Dass sie dieses Haus immer und überallhin mitnehmen würde, selbst in den Tod. Und dass ich ohne sie nicht nur dieses Haus nie haben würde, sondern überhaupt keines. Kein Haus sollte ich mich je unterstehen ohne sie zu bewohnen. Die verrottete Stadtbude meiner Eltern, so ihre Worte, sei für mich genau passend und vollkommen ausreichend. Denn jedes Haus, schwor sie, egal wo, würde sie mir nehmen. Ohne sie hätte ich nirgendwo mehr heimisch zu werden und würde es auch nie. Dafür würde sie sorgen.

Was ich, wie gesagt, Kagraner wirklich gern erzählt hätte. Vielleicht wäre er dann schneller auch auf seine Frau zu sprechen gekommen. Aber jetzt war es zu spät. Jetzt wollte ich ihm keine andere Frau mehr bieten. Schon gar nicht meine. Jetzt sollte er mir seine bieten.

Die Geschichte von der langen Nacht

War das eine Nacht!, sagte Kagraner, kaum dass er sich, als er mich endlich auf der Terrasse gefunden hatte, gesetzt hatte. Sie schauen auch nicht gut aus, sagte ich. Darf ich Sie auf einen Kognak einladen? Um Gottes willen, nein!, sagte Kagraner, einen Espresso, aber einen doppelten! Was ist geschehen, fragte ich, doch nichts Ernstes? Ich bin erst um zwei Uhr früh heimgekommen, sagte Kagraner. Ah, sagte ich, eine rauschende Nacht. Überhaupt nicht, sagte er, die übliche Betriebsjahresversammlung mit anschließendem Buffet. War der Wein schlecht?, sagte ich. Nein, sagte Kagraner, ich habe vergessen anzurufen. Wen anrufen?, fragte ich. Das heißt, ich habe angerufen, sagte Kagraner, ich Trottel. Ich verstehe nicht, sagte ich. Und komme zur Wohnungstür um zwei Uhr früh, und da stehen meine Hausschuhe vor der Tür, sagte Kagraner. Ich will die Tür aufsperren, und da steckt der Schlüssel von innen. Ein Irrtum, sagte ich. Aber nein, sagte Kagraner, ich klopfe und niemand antwortet. Ich schaue auf die Gangfenster, alles finster. Ich klopfe lauter, wieder keine Antwort. Ist etwas passiert?, sagte ich. Nein, sagte Kagraner, aber dann höre ich doch etwas. Ich höre meine Frau durchs Vorzimmer schleichen, sagte er, die Tür einen Spalt öffnen, die Kette hängt vor, und sie sagt, alles besetzt!, und macht die Tür wieder zu. Jetzt lass mich hinein, sage ich. Nein, sagt sie, ich habe es satt! Du sagst, du kommst um zwölf, und wann kommst du? Um zwei. Wann hab ich gesagt, dass ich um zwölf komme?, sage ich. Du hast es gesagt, sagt sie, und ich sitze da und warte, ich liege da und kann nicht schlafen, und dein Handy ist auch abgestellt. Wegen der Versammlung, sage ich. Dann hättest du es wieder angestellt, sagt sie, nach der Versammlung. Vergessen, sage ich. Und jetzt lass mich hinein, es ist zwei, oder willst du das ganze Haus aufwecken? Vergessen!, sagt meine Frau und ihre Stimme wird immer lauter. Damit ich dich nicht anrufen kann, oder? Okay, sage ich, ich schreie da jetzt nicht herum mit dir auf dem Gang um zwei Uhr früh. Und steige wieder in den Lift und fahre hinunter und gehe in ein Lokal, von dem ich weiß, dass es noch offen hat, und trinke ein Bier, sitze an der Bar, höre die Musik, daneben sucht ein junges Paar im Kinoprogramm nach einem Film, den es sich anschauen könnte, und der Barkeeper sagt immer wieder, schaut euch einen Pornofilm an, da, sagt er und zeigt in die Zeitung, da, schaut euch den an. Sie wissen, sagte Kagraner, ich hab ja selten Gelegenheit, um diese Zeit in einer Bar zu sitzen. Und ich hab es auch sehr genossen, sagte er, die Musik, die Müdigkeit der Leute, die an der Bar sitzen, die Stimmung. Und dann komme ich zurück, sagte Kagraner, und meine Frau lässt mich wieder nicht hinein. Ich sage, okay, dann gehe ich wieder, und gehe wieder zum Lift und steige ein. Ich höre sie die Kette abnehmen, die Tür öffnen und herauskommen. Wenn du jetzt gehst, schreit sie, brauchst du überhaupt nicht mehr zu kommen. Ich komme aus dem Lift wieder heraus. Hör auf herumzuschreien mitten in der Nacht, sage ich und gehe an ihr vorbei in die Wohnung. Du Arsch, schreit sie, und Sie müssen verzeihen, sagte Kagraner, aber gelegentlich neigt meine Frau in extremen emotionellen Ausnahmezuständen zu unverzeihlichen, mir ob der Abruptheit ihres Hervorbrechens, das muss ich gestehen, sagte Kagraner, immer noch Rätsel aufgebenden Anfällen von Vulgarität. Aber ich bitte Sie!, sagte ich. Nein, sagte Kagraner, unverzeihlich ist unverzeihlich! Da bin ich penibel. Jedenfalls schreit sie, und Sie erlauben, dass ich es wiederhole: Du Arsch! Sagt, er kommt um zwölf, und wann kommt er? Um zwei. Das musst du doch wissen, sage ich, dass ich nie da sein kann um zwölf, wenn die Versammlung wie üblich bis halb zwölf dauert und es hinterher wie üblich auch ein Buffet gibt. Aber du hast gesagt, du kommst um zwölf, schreit sie. Wo?, sage ich, wann? Da, schreit sie, auf dem Telefonanrufbeantworter. Hör auf zu schreien, sage ich, es ist drei. Ich schreie, wann es mir passt und wo es mir passt!, schreit sie. Nein, sage ich, ich wohne auch da, ich will nicht die Kündigung kriegen, nur weil du hysterisch herumschreist. Und du weckst die Kinder. Ich schreie nicht hysterisch herum, schreit sie, aber sag nicht um zwölf, wenn du um zwei kommst. Und was war auf dem Telefonanrufbeantworter?, sagte ich. Dass ich um zwölf komme, sagte Kagraner. Das müssen Sie sich vorstellen, sagte er. Ich höre das Band ab, und tatsächlich, ich sage, ich komme um zwölf. Was doch ein vollkommener Blödsinn ist, sagte er, wo ich doch genau weiß, ich kann nicht um zwölf kommen. Wieso haben Sie es dann gesagt?, fragte ich. Keine Ahnung, sagte Kagraner. Kollegen reden plötzlich auf mich ein, ich antworte, und in diesem Moment muss ich gesagt haben, einfach so hin, jetzt ist noch das Buffet, ich komme um zwölf. Sicher habe ich sagen wollen, ich komme nach zwölf, sagte Kagraner. Und ich sage auch meiner Frau, das war ein Irrtum, sicher hab ich sagen wollen, nach zwölf. Ein Irrtum!, schreit sie, wo du genau weißt, was das für mich bedeutet, wenn du nicht da bist zu der Zeit, zu der du sagst, dass du da bist. Ja, sag ich, es tut mir auch leid. Leid tut es ihm, schreit meine Frau, entweder du weißt nicht mehr, was du sagst, oder es ist Absicht. Ich sitze da und denke: Was ist los? Was ist passiert? Wo er doch gesagt hat, er kommt um zwölf! Warum ist er nicht da um zwölf? Und erreichen kann ich ihn auch nicht. Das hättest du dir aber denken können, sage ich, dass es ein Irrtum ist. Dass ich gar nicht da sein kann um zwölf. Wenn du es gesagt hast!, brüllt sie. Hör auf zu brüllen!, brülle ich. Ich habe ja gesagt, es war ein Irrtum, und es tut mir leid. Das machst du mir zufleiß!, brüllt sie. Hörst du jetzt auf zu brüllen?, sage ich, oder ich gehe wieder. Gehen, das ist alles, was du kannst!, brüllt sie. Wenn du nicht aufhörst zu brüllen!, sage ich. Soll ich dich knebeln? Nie weiß ich, was ich in so einem Fall tun soll, sagte Kagraner. Bleibe ich, brüllt sie in der Wohnung, gehe ich, brüllt sie auf dem Gang. Und gehen will ich ja immer nur deswegen, weil ich das Brüllen nicht aushalte, sagte Kagraner, damit sie endlich aufhört zu brüllen. Denn es ist ja egal, wo sie brüllt, sagte er, in der Wohnung oder auf dem Gang. In der Nacht hört man es auf alle Fälle im ganzen Haus. So gehe ich in mein Zimmer, sagte er, um dem Brüllen zu entkommen. Aber sie kommt mir nach ins Zimmer und brüllt dort weiter. Ich packe sie unsanft und werfe sie aus meinem Zimmer. Brüll draußen weiter!, sage ich und mach die Tür zu hinter ihr. Da brüllt sie draußen weiter. Was macht man in so einem Fall?, sagte Kagraner. Ihr die Sache noch einmal erklären in aller Ruhe, sagte ich. Erklärt hab ich ihr die Sache schon zum zehnten Mal in aller Ruhe, sagte Kagraner, aber bei jeder Erklärung brüllt sie auf, bei jeder Erklärung brüllt sie, ich bin rücksichtslos, ich mache es absichtlich, ich lege es darauf an, sie zu quälen, wo ich doch genau weiß, wie wichtig es für sie ist, dass ich anrufe, wenn ich später komme. Dabei hab ich ja gerade deswegen angerufen, weil ich genau weiß, dass sie durchdreht, wenn ich später komme und nicht anrufe, sagte Kagraner, verstehen Sie? Ja, sagte ich, aber wenn Sie eh wissen, dass sie durchdreht. Jetzt fangen Sie nicht auch noch an!, sagte Kagraner. Nein, nein, sagte ich erschrocken, Sie müssen halt hinkünftig ... Jetzt hören Sie auf, sagte Kagraner, ich weiß, was ich hinkünftig muss! Und habe es mir gestern auch hundertmal geschworen! Und geschworen habe ich mir auch, immer zu sagen, ich komme um zwei. Denn wenn ich um zwölf komme, macht es nichts aus, wenn ich zwei gesagt habe. Aber wenn ich um zwei komme, wenn ich zwölf gesagt habe, egal wie irrtümlich, egal wie offensichtlich unrealistisch, dann ist die Hölle los. Kagraner atmete tief durch, lehnte sich zurück und rauchte sich, was er sonst selten tat, eine Zigarette an. Ich wartete eine Weile und sagte: Und, ist alles wieder in Ordnung? Nichts ist in Ordnung, sagte Kagraner. Sie spricht kein Wort mit mir. Das Einzige, was sie noch gesagt hat, sie will sich scheiden lassen. Nein, sagte ich und lachte auf, deswegen? Genauso hab ich auch reagiert, sagte Kagraner. Und?, sagte ich. Wieder losgebrüllt hat sie, sagte Kagraner. Ich mache das immer, ich könne nicht anders, ich sei unfähig zu einem Zusammenleben. Und ich darauf: Was heißt da immer? Und sie: Erst unlängst hast du gesagt, du kommst um sieben, und wann warst du da? Um neun. Das war eine Geschäftsbesprechung, sage ich, das weißt du. Da kannst du mich auch anrufen, sagt sie. Ich war mitten in einer hitzigen Debatte und das Handy war leer. Was du immer für Ausreden hast, brüllt sie! *Hitzige Debatte, das Handy war leer*, alles, um mich nicht anzurufen! Und ich darauf: Unlängst war dein Handy ja auch leer, und du hast mich nicht angerufen, obwohl ich darauf gewartet habe. Wann hab ich nicht angerufen?, brüllt meine Frau. Ich rufe immer an! Mein Handy ist nie leer! Und wenn es einmal leer ist, dann wird es mir wochenlang vorgehalten! Ich halte es dir nicht vor, sage ich. Ich weiß schon, brüllt sie, immer bin ich schuld, du nie! Ich gestehe mein Schuld ja ein, sage ich. Sehr großzügig von dir, sagt sie, muss ich mich jetzt auf die Knie werfen und dich bewundern dafür? Und so ist das weitergegangen bis fünf Uhr früh, sagte Kagraner. Und Versöhnungsversuche?, sagte ich. Wurden abgeschmettert, sagte Kagraner, kühl lächelnd, das kann sie. Und heute früh, fragte ich, wie war da die Stimmung? Scheußlich, sagte Kagraner. Sie sagt, sie kann mit mir nicht mehr zusammenleben, und hat begonnen, ihre Koffer zu packen. Nein, sagte ich, das gibt es doch nicht! Was soll ich tun?, sagte Kagraner. Sage ich, können wir uns nicht wieder vertragen, es wird nicht mehr vorkommen, sagt sie: Das sagst du jedes Mal, und packt weiter. Sage ich nichts, sondern versuche zärtlich zu sein, sie zu umarmen, stößt sie mich weg und sagt: Spar dir dein kriecherisches Getue. Sage ich so milde ich kann: Wir kommen doch sonst so gut aus miteinander, deswegen trennt man sich doch nicht, sagt sie: Das nennst du *gut miteinander auskommen*? Mich das ganze Leben lang warten lassen? Und sage ich: Jetzt übertreibst du aber, sagt sie: Genau, ich übertreibe immer. Und genau das hasse ich an dir, sagt sie, deine Selbstgerechtigkeit. Und, sagte ich, ist sie schon weg? Nein, sagte Kagraner, weil ich gesagt habe, ich gehe. Er wirkte erschöpft. Was würden Sie mir raten?, fragte er. Irgendwie muss ich doch wieder reden können mit meiner Frau. Dann gehen Sie heim und reden Sie mit ihr, sagte ich. Und wenn sie mich wieder nicht hineinlässt?, sagte Kagraner. Sie wird Sie schon hineinlassen, sagte ich. Und wenn nicht?, sagte er und schaute mich an. Wenn meine Hausschuhe wieder vor der Tür stehen?

Dann war Kagraner plötzlich verschwunden. Zumindest tauchte er im Café nicht mehr auf, weder zu unseren üblichen Zeiten noch zu anderen Zeiten, wie mir der gewohnt mürrische Kellner erst nach mehrmaligem Nachfragen mitzuteilen geruhte.

Zuerst dachte ich, Kagraner sei einfach kurzfristig verreist. Aus geschäftlichen Gründen. Wie immer ohne Ankündigung und ohne Hinweis auf die Art seiner Geschäfte. Als er aber hartnäckig verschwunden blieb, dachte ich, er sei womöglich doch, wie er einmal angedeutet hatte, für eine längere Zeit in eine ausländische Zentrale seiner Firma beordert worden. Von Südafrika war die Rede gewesen und, soweit ich mich erinnerte, von China oder Südkorea. Und es musste über Nacht geschehen sein und ohne Gelegenheit, mich von dieser doch weitreichenden Entscheidung und Veränderung in welcher Form auch immer in Kenntnis zu setzen. Denn das, davon war ich überzeugt, hätte er sicher getan. Dass er das nachträglich tun könnte, wie ich es anfangs erhofft hatte, mir eine E-Mail schreiben oder mich anrufen, war, und das stellte ich mit einiger Überraschung sehr bald fest, so gut wie ausgeschlossen. Wir hatten nie Adressen oder Telefonnummern getauscht. Auch war ich mir nicht sicher, ob ich je ihm gegenüber meinen Namen erwähnt hatte. Ich fürchtete, nein. Sicher war ich mir nur, er hatte nie danach gefragt.

In den Stunden, die ich in den darauffolgenden Monaten allein im Kaffeehaus verbrachte, grübelte ich viel darüber nach, wo Kagraner stecken könnte und warum er sang- und klanglos verschwunden war. Da fiel mir plötzlich der Mann mit dem hellen Sakko ein. Hatte vielleicht er mit Kagraners Verschwinden zu tun? Ein Gedanke, der mir zuerst absurd erschien. Denn von Victors Filmprojekt war nie mehr die Rede gewesen. Der Mann, der Kagraner damals bei der Demonstration angesprochen hatte, war meines Wissens nicht mehr in Erscheinung getreten.

Und das geheime, angeblich so brisante Material, das dem Film hätte zugrunde liegen sollen, hatte längst seine Brisanz eingebüßt und war auch längst nicht mehr geheim. Es stand alles in den Zeitungen. Wer sollte da noch Interesse an Kagraner haben und an Victors Nachlass? Auch hatte Kagraner den Mann mit dem hellen Sakko nicht mehr erwähnt. Oder doch? Da fiel mir ein, dass er ihn in der letzten Zeit, es musste so zwei Wochen vor seinem Verschwinden gewesen sein, sehr wohl einmal erwähnt hatte. Nicht dass er ihn gesehen hätte, aber er erzählte von einem Mann, den er in seiner Trafik getroffen und der ihn sehr beunruhigt habe. Er wisse nicht warum, hatte Kagraner damals gesagt, es müsse die Haltung dieses Mannes gewesen sein, seine Art, sich zu bewegen. Der Trafikant habe gesagt: Wollen Sie die mit dem dunklen Tabak oder mit dem hellen? Und eine Frau habe gesagt, zu irgendjemandem, vielleicht zu ihrem Mann: Hast du das Sakko jetzt in die Reinigung getragen oder nicht? Und seine, Kagraners, Beunruhigung sei sprunghaft gestiegen, so Kagraner damals. Ein dumpfes, ungutes Gefühl habe ihn heimgesucht. Unter der Bewusstseinsschwelle. Etwas habe sich in ihm angesammelt, in der Absicht, ins Bewusstsein durchzubrechen. Erst als Kagraner ins Freie getreten war und den Mann wieder gesehen hatte, vor sich, und eine Zigarette rauchen, sei es ihm mit einem Schlag bewusst geworden: Der Mann mit dem hellen Sakko! Dieselbe Handbewegung! Dieselbe Art, den Rauch durch die Nase hinauszublasen! Und auf meine Frage, ob er es wirklich gewesen sei, sagte Kagraner: Natürlich nicht! Aber wo ist er? Hat er seine Tarnung perfektioniert? Hat er alles Nötige über mich zusammentragen können? Hat er mich jetzt vollkommen in seiner Hand? Und dann hatte Kagraner gesagt, daran erinnerte ich mich gut: Es war schon die Hölle, diesen Mann mit dem hellen Sakko ständig irgendwo zu sehen oder ständig zu glauben, ihn zu sehen, aber die noch größere Hölle ist es, ihn nicht mehr zu sehen, ihn schon lange nicht mehr gesehen zu haben. Was mir nun, da ich mich so genau an die Situation erinnerte und an den Ausnahmezustand, in dem sich Kagraner damals befunden hatte, doch ein wenig zu denken gab. Andererseits war ich immer überzeugt davon gewesen, und diese Überzeugung gewann allmählich wieder, wenn auch sehr zaghaft, Oberhand, dass es den Mann mit dem hellen Sakko nur in Kagraners Fantasie gab. Aber etwas Ungewissheit blieb.

Die mich aber in der Folge nicht weiter beschäftigte. Vielmehr fiel mir an einem dieser einsamen Nachmittage in der Fensternische des Cafés oder an einem der sommerlichen Nachmittage auf der Terrasse des Cafés, wo ich Kagraner kennengelernt hatte, Kagraners Freund mit der Aktentasche ein. Sollte er diesen etwa doch noch gefunden haben? Traf er jetzt diesen in einem anderen Café mit derselben Regelmäßigkeit, mit der er mich getroffen hatte? Erzählte er jetzt diesem die Geschichten, die er mir erzählte hatte, beziehungsweise ganz neue, die er jetzt mir erzählen würde? Hatte ich ihn an meinen Vorgänger verloren?

Es vergingen Jahre, in denen ich Kagraner nach und nach vergaß. Ich selbst trat in den Ruhestand wie der Kellner, der uns so lang bedient hatte. Dem Café aber blieb ich treu. Erst als es umgebaut wurde, ein Tresen wurde mitten hineingestellt und die alte Bestuhlung durch eine neue ersetzt, und das Publikum wurde jünger und lauter, überlegte ich, mir ein neues Kaffeehaus zu suchen. Aber keines der Kaffeehäuser, die ich ausprobierte, konnte auch nur annähernd meinen doch eher altmodischen Ansprüchen genügen, machte ich mir vor. In Wirklichkeit war es ein sentimentales Gefühl, Kagraner betreffend, das ich nicht missen wollte und das mich im alten Café festhielt. Und die Terrasse, auf der mir Kagraner seine Geschichten erzählt hatte, selbst im Winter, indem wir langsam von einem Ende der Terrasse zum andern gingen, er mit Mantel und Hut, ich, meist von der

Baustelle kommend, mit Anorak und Skihaube, ehe wir ins Innere des Cafés zurückkehrten und einen weiteren Kaffee bestellten oder, an besonders kalten Tagen, heißen Tee mit Kognak. Im Gehen könne er am besten seine Geschichten ordnen, hatte er gesagt.

Einmal glaubte ich, es war vielleicht vier oder fünf Jahre später, in einem Herrn, der das Café verließ, Kagraner zu erkennen. Ich lief ihm nach, rief ihn beim Namen, aber er drehte sich nicht um.

Die Geschichte von den Abbrüchen

Oh, Sie sind ja immer noch da!, sagte eine Stimme, die ich sofort als Kagraners Stimme erkannte. Ich sah von meiner Zeitung auf, und tatsächlich, da stand er neben mir, etwas gealtert und etwas dicker geworden. Wo kommen denn Sie so plötzlich her?, sagte ich. Durch die Tür wie immer, sagte er. Ich stand auf. Wir schüttelten uns die Hände. Darf ich?, sagte Kagraner. Aber ich bitte Sie!, sagte ich und wies auf die freie Bank mir gegenüber. Er setzte sich. Ich dachte schon, Sie sind tot, sagte er. Ich?, sagte ich. Sie sind doch wie vom Erdboden verschluckt gewesen! Ja, sagte Kagraner, der Boden unter den Füßen ist nicht fester geworden, wenn Sie mir das Bonmot gestatten. Ich gestatte, sagte ich. Worauf wir unbedingt einen Kognak nehmen sollten, sagte er, finden Sie nicht? Ich bestehe darauf. Gern, sagte ich. Er rief den Kellner und bestellte. Er sah dem Kellner nach. Der Kellner ist neu, sagte er, oder? Nicht mehr ganz neu, sagte ich. Aber wenn Sie mir die Frage erlauben: Wo, in aller Welt, haben Sie gesteckt, die zehn Jahre? Zwölf, sagte er, es waren zwölf Jahre. Es könnten aber auch dreizehn gewesen sein, die ich auf dem Land verbracht habe. Auf dem Land?, sagte ich. Nicht nur, sagte er, ich war auch geschäftlich viel unterwegs. Aber wieso auf dem Land?, fragte ich. Sind Sie umgezogen? Sehen Sie, sagte Kagraner, eines Tages, wir sind, soweit ich mich erinnern kann, gerade auf einem Geburtstagsfest in einem Haus am Stadtrand gewesen, mit Garten und Swimmingpool, da sagt meine Frau, kaum dass wir das Haus verlassen haben, wir steigen gerade ins Auto, sie wolle auf dem Land leben. Nein, sie sagt nicht *auf dem Land,* sagte Kagraner, sie sagt *im Grünen.* Sie habe schon zu lang in der Stadt gelebt, ohne Grün. Jetzt wolle sie ins Grüne. Ins Grüne?, sage ich. Ja, sagt sie, aber nicht zu den Bauern, nicht in ein Dorf. Auch wenn sie sich ein

Haus in einem Dorf im Burgenland gut vorstellen könne, aber nicht das ganze Jahr über. Als Wochenendhaus, ja, sagt sie, auch als Haus für drei Wochen im Sommer. Aber nicht das ganze Jahr über in einem Dorf, das vertrage sie nicht. Sie sagt: Ganz in einem Dorf zu wohnen, sei zu viel, aber nur an Wochenenden in einem Dorf zu wohnen, wieder zu wenig. Was dann?, sage ich. Was willst du? Vielleicht Stadtrand, sagt sie, so wie hier. Das Haus war doch schön, sagt sie, der Garten, der Swimmingpool. Ja, sage ich, sicher. Aber sie hätte auch gern Tiere, sagt sie, Hunde, Katzen, Pferde, Kühe. Und das ginge nicht mit einem Haus am Stadtrand. Da müsse man weiter weg. Was mich sehr verwunderte, sagte Kagraner, denn so dezidiert von Tieren, die sie unbedingt um sich haben wolle, hatte sie noch nie gesprochen. Aber nicht nur Tiere wollte sie plötzlich, sagte Kagraner, sondern auch Bäume, Berge und Wiesen. Sie wolle aufwachen in der Früh, sagt sie, und Bäume, Berge und Wiesen sehen. Was am Stadtrand aber auch nicht ginge. Wo man zwar Bäume sehe, sagt sie, ja, man sehe Bäume, wie hier, aber vor allem Häuser. Und Bäume nur hinter den Häusern, zwischen den Häusern, neben den Häusern. Und Berge sehe man gar nicht. Dafür Autos. Und die parkten ein und aus, nachts, Türen würden schlagen, Leute kämen heim, würden laut sprechen, rufen und lachen. Denn nachts höre man alles in dieser Stille, sagt sie, jedes Niesen und Husten, jedes Flüstern, jedes Klirren eines Schlüsselbunds, jedes Aufsperren einer Gartentüre, jedes Gehen auf Kies, das Knirschen, Rutschen und Schaben, das Trampeln auf den Gehsteigen, das Klappern der Stöckelschuhe, und nicht nur aus der nächsten Umgebung, von der Straße vorm Haus und vom Nachbargrundstück, nein!, auch vom Grundstück gegenüber, selbst von Grundstücken, die entfernt liegen, aus Gärten, die die Straße weiter oben liegen und weiter unten, aus den Seitenstraßen links, aus den Seitenstraßen rechts, und selbst noch aus Seitenstraßen hinter den Seitenstraßen links und rechts, als ob alles in unmittelbarer Nähe geschähe, neben dem eigenen Bett, als ob alle durchs Schlafzimmer gingen, sich jede Menge Leute im Wohnzimmer aufhielten. Und dann am Sonntag die Hobbyhandwerker, sagt meine Frau, die Hobbygärtner, die Hobbyköche. Jeder hämmere, säge. Da würden Häuser repariert, vergrößert und abgerissen, Rasen gemäht, Kinder angeschrien, Nachbarn riefen über Zäune hinweg, wer gestorben sei, wer zu Besuch komme, was zu Mittag gegessen würde. Grillpartys würden veranstaltet, Kindergeburtstage, Tischtennisturniere. Also doch lieber Bauernhaus, sage ich. Ja, sagt meine Frau, einen Vierkanter, auf einer Anhöhe, aber auf keinen Fall Dorf, nirgendwo ein Dorf, nur du und ich, die Kinder, die Tiere und der Vierkanter und ein freier Blick über die Hügel des Alpenvorlands, vielleicht mit einem See davor oder einem Fluss, der durch Wiesen in die Ferne führt. Ja, sagt sie, ich will weg hier, ich will ins Grüne. Und was haben Sie gesagt?, fragte ich. Ich weiß es nicht mehr, sagte Kagraner. Ich weiß nur, ich ging in die Küche, mir ein Fruchtgelee holen. Ein Fruchtgelee?, sagte ich. Ja, sagte Kagraner, im Küchenschrank habe ich immer, eine alte Leidenschaft von mir, eine Kinderleidenschaft, wenn Sie so wollen, Zellophansäckchen mit Fruchtgeleemischungen. Eines mit Zitronen- und Orangengeschmack, eines mit einer Südfrüchtemischung, mit Zitronen-, Orangen-, Bananen- und Ananas-, und, ganz neu, seit gestern, sehr zu empfehlen!, sagte Kagraner, eines mit Papayageschmack. Gut, sagte ich, und wann sind Sie übersiedelt? Sofort, sagte Kagraner, in einen Vierkanter, mitten im Alpenvorland, mit weit und breit keiner einzigen Menschenseele. Wollten Sie denn?, fragte ich. Nein, sagte Kagraner, natürlich nicht. Was mache ich in einem Vierkanter, mitten im Alpenvorland, mit weit und breit keiner einzigen Menschenseele? Und trotzdem ..., sagte ich. Ja, sagte Kagraner, meine Frau wird endlich glücklicher, dachte ich, den Kindern tut es gut, und ich bin geschäftlich ohnehin viel unterwegs. Und, sagte ich, wurde sie glücklicher? Ja, sagte er, anfangs durchaus, denke ich, aber jetzt hab ich mich scheiden lassen und bin wieder da. Sie haben sich was?, sagte ich. Scheiden lassen, sagte er. Aber wieso?, fragte ich. Das, mein Lieber, ist eine lange Geschichte, die übliche Geschichte, sagte er, mit der ich Sie nicht weiter behelligen möchte. Aber, sagte er, um Ihre Neugier, wenn schon nicht zu stillen, so doch, um unserer guten, alten Freundschaft willen, etwas zu mildern, vielleicht so viel: Eines Abends, ich spreche gerade von der Klosettbrille, sagte Kagraner, spricht meine Frau vom Schnarchen. Von was für einem Schnarchen?, sagte ich. Moment, sagte Kagraner. Ich sage, und ich bitte Sie, die Erwähnung mitunter intimerer Details in meinen Ausführungen nicht als Ausdruck von Frivolität oder gar als Denunziation zu verstehen, ich müsste vor Scham auf der Stelle den Tisch verlassen, sagte er, sondern als Beispiele zur Veranschaulichung bestimmter, und wie ich behaupten möchte, ausschlaggebender ehelicher Szenarien, die vielleicht auch Ihnen nicht ganz unbekannt sind. Selbstverständlich, sagte ich, auf diese Idee wäre ich auch nie gekommen. Ich danke Ihnen, sagte Kagraner, hätte ich von Ihnen auch nicht anders erwartet. Ich sage also zu meiner Frau, sagte er, bitte achte darauf, wenn du die Periode hast, ob nach deiner Klosettbenützung die Klosettbrille sauber ist. Ich sage: Ich möchte mich nicht auf eine blutige Klosettbrille setzen müssen. Ich sage auch: Auch die Kinder finden es nicht angenehm, eine blutige Klosettbrille, womöglich Blutspuren auch an der Klosetttür oder am Klosettpapier vorzufinden. Und da sagt meine Frau, sie könne sich sehr gut auch getrennte Schlafzimmer vorstellen. Ist das nicht kurios?, sagte Kagraner. Ich spreche von der blutigen Klosettbrille und sie von getrennten Schlafzimmern! Ich spreche von einer gewissen nötigen Umsicht bei der Benützung des Klosetts und sie, mitten in meine Bitte, diese Umsicht auch walten zu lassen, hinein, ohne auf sie einzugehen, vom Schnarchen, von meinem Schnarchen!, sagte Kagraner, nicht von ihrem Schnarchen!, nein!, von meinem Schnarchen und von den getrennten Schlafzimmern. Getrennte Schlafzimmer, sage ich, bei uns? Wieso nicht, sagt sie, wenn die Kinder ausgezogen sind? Denn es falle ihr schwer einzuschlafen, sagt sie, angesichts meiner Geräuschproduktion. Sie sagt *Geräuschproduktion*. Was sagen Sie dazu?, sagte Kagraner. *Geräuschproduktion!* Wie es eben so sei bei schlafenden Menschen, sagt meine Frau. Das sei kein Vorwurf. Nichts liege ihr ferner, als mir deswegen einen Vorwurf zu machen. Je älter ich würde, desto mehr würde ich eben schnarchen. Und älter würde ich ja ununterbrochen und daher auch immer mehr schnarchen. Und damit unfähiger, nicht nur mein Schnarchen zu zügeln, sondern meine nächtlichen Geräusche insgesamt. Die gesamte Geräuschproduktion! Mein gesamtes *Geräuschrepertoire*, wie sie es nennt. Das nicht unerheblich sei, sondern im Gegenteil, eine immer größere und buntere Vielfalt entwickle und dafür eine ungeahnte Fantasie, einen enormen, man könnte sagen, über alle Stränge schlagenden Einfallsreichtum entfalte! Wie exzessives Schnaufen, brummendes bis knallendes Furzen, ein Pfeifen und Schmatzen, Rotzaufziehen und -schlucken, lang anhaltendes Räuspern in verschiedenen Formen, von Krächzen über schleimlösendes Hüsteln bis zum ausgewachsenen Husten, vom Klosettgang mit all meinem Getrampel, Türenschlagen, zischendem Wasserlassen und tosender Spülung ganz zu schweigen. Und nicht nur das, sagt meine Frau und lässt mir keine Möglichkeit, auf ihren immer wieder sträflich vernachlässigten Umgang mit unserer Klosettanlage, vor allem auf die blutige Klosettbrille zurückzukommen, ich stoße ihr auch, unwillkürlich, natürlich vollkommen unwillkürlich, das wolle sie betonen!, aber doch immer wieder heftig den Ellbogen in die Rippen, sodass sie nach Luft ringe. Ja, sagt sie, sie liege im Bett, hellwach, und ringe richtig nach Luft, während ich neben ihr schnarche. Und wie du schnarchst! Während ich nach Luft ringe!, sagt sie wortwörtlich, sagte Kagraner. Und Sie, sagte ich, Sie haben nichts darauf gesagt? Sicher, sagte Kagraner, ich hätte darauf sagen können: Und du bohrst mir regelmäßig das Knie in den Schenkel. Zertrümmerst mir regelmäßig das Schienbein mit deiner Ferse. Natürlich ebenso unwillkürlich! Trampelst mitten in der Nacht hinaus aufs Klosett, dass ich aus dem Schlaf fahre, im Glauben, ein Erdbeben sei ausgebrochen. Dabei gehst du nur hinaus, um dein, Sie verzeihen die Drastik!, Blut im Klosett zu verspritzen. Das nicht einfach zu entfernen ist. Blut trocknet rasch. Mit den Fingernägeln muss ich daran herumkratzen. Mit nassem Küchenrollenpapier muss ich durch die Wohnung laufen, um das Blut, dein Blut!, nicht mein Blut!, dein Blut!, von der Klosettmuschel zu schrubben! Einmal abgesehen vom Schnarchen! Denn natürlich schnarchst du auch!, hätte ich ihr sagen können. Und immer an meinem Ohr. Ganz nah an meinem Ohr. Fünf Zentimeter von meinem Ohr entfernt. Zuerst rückst du näher und schnarchst nicht. Du rückst noch näher und schnarchst noch immer nicht. Aber kaum bist du fünf Zentimeter von meinem Ohr entfernt, schnarchst du los. Plötzlich. Aus dem Stand. In rasant ansteigender Lautstärke. Und nicht irgendwohin. Nein! In mein Ohr hinein, ganz genau in mein Ohr hinein! Und rücke ich weg, rückst du nach und schnarchst wieder! Und nicht auf mein Ohr drauf! In mein Ohr hinein! Ganz genau hinein! Du suchst richtig mein Ohr, um ganz genau hineinzuschnarchen!, hätte ich sagen können, sagte Kagraner. Habe ich aber nicht gesagt. Und wieso nicht?, fragte ich. Wieso nicht! Wieso nicht!, sagte Kagraner. Ich wollte keine Eskalation. Und vor allem wollte ich nicht, dass sie sagt: Eben, genau deswegen wären auch für dich getrennte Schlafzimmer ein Segen. Das wollte ich nicht, sagte Kagraner, verstehen Sie? Deswegen wollte ich es nicht sagen. Aber, da haben Sie recht, ich hätte es wollen sollen. Ich hätte es sagen sollen. Das denke ich jetzt, sagte Kagraner. Vielleicht wäre dann vieles anders gekommen. Vielleicht wäre vieles ungeschehen geblieben, sagte er. Und mit Schrecken dachte ich plötzlich daran, dass ich dringend meinen Installateur anrufen müsste wegen eines Termins für unsere Schottlandreise und vor allem meinen Arzt wegen der Befundergebnisse und ob sich mein Blutzuckerwert, der in letzter Zeit etwas erhöht gewesen war, wieder normalisiert hatte, wollte aber Kagraner dann doch nicht unterbrechen, aus Angst, er würde seine Erzählung, die mich brennend interessierte, hinterher womöglich nicht wieder aufnehmen wollen und sich verabschieden. Und so haben Sie nichts gesagt?, fragte ich. Doch, sagte Kagraner. Sinngemäß habe ich gesagt: Seltsamerweise klingt für mich aber doch alles so, als wolltest du mich bestrafen, für meine ganz natürlichen körperlichen Äußerungen. Die du doch gewohnt sein müsstest nach all den Jahren gemeinsamer Nächte. Die du in einem gewissen Sinn doch liebgewonnen haben müsstest in all der Zeit. Deren Fehlen dir doch nur nächtliche Einsamkeiten, einsame nächtliche Wanderungen durch die bedrohlich still, totenstill daliegenden Zimmer der Wohnung bescheren würde. Und sie darauf: *Bestrafen?* Lächerlich! Vollkommener Unsinn! Wieso *bestrafen?* Was soll das Wort *bestrafen* in diesem Zusammenhang? Ich *bestrafe* niemanden. Ich bin im Wechsel, sagt sie. Oder bin ich nicht im Wechsel? Ich bin im Wechsel, sagt sie. Und alle Frauen im Wechsel haben Schlafprobleme. Sagt dir jeder Arzt, sagt sie. Jede nimmt Medikamente, um schlafen zu können. Marianne nimmt besonders schwere und kann trotzdem nicht schlafen. Stundenlang irrt sie herum, nachts, durch das Haus, durch den Garten, liest, trinkt Bier, räumt die Küche auf, legt sich ins Bett und ist hellwach. Und ich darauf: Auch der Wechsel dauert nicht ewig. Und sie: Ewig genug. Und ich hartnäckig: Nur weil du vorübergehend die Nacht nicht voll durchschlafen kannst wie bisher, willst du ausziehen? Darauf sie: Ich ziehe doch nicht aus! Das ist doch kein Ausziehen! Und außerdem, sagt sie, was sträubst du dich so dagegen, ein eigenes Schlafzimmer zu haben? Hast du Angst im Finstern? Nein, sie sagt nicht: *Hast du Angst im Finstern,* sagte Kagraner, sie sagt, was ich eben befürchtet hatte, dass sie sagt: Das kann doch für dich nur angenehm sein. Schnarchen zu können, so viel du willst. Niemand tritt dir in die Rippen. Niemand hält dir die Nase zu, was ich noch nie getan habe, aber tun könnte. Du musst nicht auf Zehenspitzen durchs dunkle Zimmer tappen und Angst haben, gegen einen Bettpfosten zu stoßen und mich aufzuwecken. Du kannst husten und furzen und dich räuspern, dass die Wände zittern. Du musst nicht fürchten, mir ein Auge auszustechen, wenn du im Finstern deine Polster und deine Decke zusammensuchst, so wie du vorige Woche knapp daran warst, mir eines auszustechen. Vor allem aber kannst du, was du doch immer schon wolltest, im Bett noch lesen oder, wenn du im Bett noch fernsehen möchtest, im Bett auch noch fernsehen. Wenn du dir einen Fernseher anschaffst. Ein High-Definition-Gerät wolltest du doch sowieso schon längst, oder? Ja, sicher, sage ich, aber die Kinder sind ja noch nicht ausgezogen. Werden aber bald, sagt sie. Und, sagte ich, sind sie es? Sie haben damit begonnen, sagte Kagraner. Aber sehen Sie, sagte er, einige Zeit später, ich sitze in einem Café in Split, mit Blick auf den Hafen, hinter mir der Palast des Diokletian, es war Sommer, und wir hatten unsere geschäftlichen Besprechungen unterbrochen wegen der enormen Hitze und uns den Nachmittag freigegeben, da setzt sich eine junge Frau neben mich mit einer ungewöhnlich weißen Haut. Sie müssen sich vorstellen, sagte Kagraner, alle Gäste rundum, ich eingeschlossen, gebräunt, hellbraun, dunkelbraun, aber sie, die junge Frau neben mir, schneeweiß. Ihre nackte Schulter, ganz nah bei mir, schneeweiß. Ihr Hals, schmal und dünnhäutig, schneeweiß. Ihr Schenkel, ihr Rock rutscht etwas zur Seite, als sie sich bewegt, um ihre Bestellung aufzugeben, schneeweiß. Und erst der Ansatz ihrer Brüste!, sagte Kagraner, schneeweiß! Da fällt mir plötzlich die Sache mit den getrennten Schlafzimmern ein, ich weiß nicht wieso, sagte Kagraner, und dass meine Frau knapp, bevor ich abgereist bin, gesagt hat: Mir ist es zu heiß im Haus, die Kinder sind nicht da, ich fahre an den Teich baden, fährst du mit? Sie sagt nicht: Die Kinder sind nicht da, ich gehe ins Schlafzimmer, kommst du mit? Oder: Die Kinder sind nicht da, ich gehe in die Loggia, da ist es kühler, kommst du mit? Sondern: Die Kinder sind nicht da, ich fahre an den Teich baden, kommst du mit? Verstehen Sie, was ich damit sagen will?, sagte Kagraner. Durchaus, sagte ich. Wie ein Blitz durchfuhr es mich!, sagte Kagraner. Meine Frau will keinen Geschlechtsverkehr mehr! Das Kapitel Geschlechtsverkehr hat sie offensichtlich ein für alle Mal für sich abgeschlossen! Falsch!, denke ich zugleich, ganz falsch! Sie will nicht keinen Geschlechtsverkehr mehr, sie will nur keinen Geschlechtsverkehr mehr mit mir! Das ist es!, sagte Kagraner. Denn als sich Mario Balotelli, daran erinnerte ich mich plötzlich, ein italienischer Fußballspieler, den Sie sicher nicht kennen werden, sagte Kagraner, nach seinem spektakulären Tor bei der letzten Europameisterschaft das Leibchen auszieht und seinen Oberkörper präsentiert, was meine Frau zufällig sieht, sie schaut ja nie Fußball, aber in diesem Moment betritt sie das Wohnzimmer mit einem Stück Wassermelone, ich will noch sagen: Danke für die Wassermelone!, da ruft sie aus, vollkommen überraschend: Wahnsinn, den würde ich nicht von der Bettkante stoßen! Verstehen Sie, sagte Kagraner, das sagt sie nicht zu mir, das sagt sie zu Balotelli! Und isst die Wassermelone selber. Sie sagt nicht zu mir: Wahnsinn, dich würde ich nicht von der Bettkante stoßen. Sie sagt es zu einem Fußballspieler im Fernsehen! Sie gibt mir auch nichts von der Wassermelone. Sie setzt sich, ganz ungewöhnlich für meine Frau, sagte Kagraner, dass sie sich setzt, um sich ein Fußballspiel anzusehen. Aber sie sieht sich nicht das Fußballspiel an, sie sieht sich Balotelli an! Verstehen Sie! Sie wartet darauf, Balotelli wieder zu sehen, und isst die Wassermelone alleine auf, ohne auf meine Bitte: Lass mich doch auch einmal abbeißen!, zu achten. Dabei habe ich immer wieder versucht Momente herbeizuführen, die zu einem Geschlechtsverkehr hätten führen können. Vielleicht nicht gerade immer wieder, sagte Kagraner, eher gelegentlich. Aber doch durchaus öfter gelegentlich. Eigentlich immer wieder gelegentlich. In letzter Zeit auf jeden Fall immer wieder dezidiert gelegentlich! Denn ich dachte: Eine wichtige Gemeinsamkeit darf man nicht verkommen lassen, sonst verkommen andere Gemeinsamkeiten auch. Bis alle verkommen sind. Das dachte ich nicht nur, sagte Kagraner, das sagte ich auch. Aber nicht im Zusammenhang mit Geschlechtsverkehr. Eher im Zusammenhang mit Urlaubsreisen oder Essengehen oder im Zusammenhang mit den Kindern. Aber gedacht habe ich es durchaus auch im Zusammenhang mit Geschlechtsverkehr. Und auch entsprechende Anstalten gemacht. Es war ja nicht so, sagte Kagraner, und Sie erlauben, dass ich mir das zugutehalte und auch betone, dass ich keine Anstalten gemacht hätte, wie mir meine Frau später einmal fälschlicherweise unterstellte. Natürlich nicht fälschlicherweise, sondern boshafterweise, nur boshafterweise!, sagte Kagraner, weil sie es besser hätte wissen müssen. Und sie hatte es auch besser gewusst! Denn ich machte Anstalten! Ich betrat das Badezimmer, gerade als meine Frau aus der Wanne stieg, und machte Anstalten. Ich betrat ihr Arbeitszimmer und machte Anstalten. Ich räumte einmal sogar nach dem Abendessen die Teller nicht in die Geschirrspülmaschine und machte Anstalten. Immer in Erwartung, meine Frau würde ihrerseits Anstalten machen. Machte sie aber nicht!, sagte Kagraner. Es war ja nicht so, dass ich mich bereits in größter Erregung befand und deswegen Anstalten machte. Im Gegenteil, ich befand mich in keiner Erregung, höchstens in einer sehr kleinen, hoffte aber, mich mit Hilfe meiner Frau bald in der größten zu befinden. Wenn sie nur dazu bereit gewesen wäre, mir genau in dem Moment die passende Hilfe zu gewähren. Gewährte sie aber nicht, verstehen Sie, sagte Kagraner, nicht einmal den Funken eines Gewährens gewährte sie! Aber vielleicht sollte ich es doch nicht bei diesem Punkt belassen, sagte Kagraner. Sie glauben vielleicht, das sei der einzige Grund gewesen, warum ich mich habe scheiden lassen. Aber weit gefehlt, sagte er, ohne meine Antwort abzuwarten. Meine Frau war besessen von Abbrüchen, sagte er, in zunehmend beängstigendem Ausmaß! Das war es! Besessen von Abbrüchen? Wie soll ich das verstehen?, fragte ich, während mein Blick unwillkürlich auf die Uhr fiel und ich überrascht doch einsehen musste, dass es für Anrufe endgültig zu spät war, weder meinen Arzt noch meinen Installateur würde ich noch erreichen können, und dass es wohl am besten wäre, auch angesichts der vielen Kognaks, die ich getrunken hatte, heute nicht mehr hinauszufahren, sondern weiterzutrinken, mir Kagraners Geschichten anzuhören und in der Stadtwohnung zu übernachten. Haben Sie noch etwas vor?, fragte Kagraner. Nein, nein, sagte ich erschrocken. Weil Sie auf die Uhr gesehen haben, sagte er. Nein, nein, sagte ich, nur wegen eines Telefonats. Aber leider ohnehin schon zu spät. Sicher?, sagte er. Jaja, sagte ich, aber erzählen Sie, das interessiert mich. Welche Abbrüche? Ganz einfach, sagte Kagraner. Nicht nur dass mir meine Frau eines Morgens beim Bügeln erklärte, sie würde das Tennisspielen aufgeben, erklärte sie mir kurz darauf bei einem Abendessen, sie wolle ihr Staatsopernabonnement kündigen, das sie trotz Übersiedlung über Jahre hin nicht gekündigt hatte. Wobei ich in beiden Fällen zuerst glaubte, sie wolle mich nur provozieren, sagte Kagraner, denn sie wusste, ich war entschieden dagegen, dass sie nach zwanzig Jahren und ausgerechnet in einem Alter, in dem sportliche Betätigung, wie ich meine, besonders nötig ist, mit dem Tennisspielen aufhört. Genauso wie ich dagegen war, dass sie das Abonnement kündigt, eine der wenigen Möglichkeiten für sie, Haus und Hof zu verlassen und in die Stadt zu fahren. Und nicht nur dass sie die regelmäßigen Treffen mit ihrer Freundin Marianne einstellte, sagte Kagraner, mit der Begründung, es nerve sie jedes Mal zu hören, mit welchen Tricks Marianne es erneut geschafft hat, ihrem ehemaligen Mann Geld, und immer eine erkleckliche Summe, aus der Tasche zu ziehen, sie weigerte sich auch von einem Tag auf den anderen, sich weiter um Arbeitsaufträge zu kümmern, mit dem Hinweis, sie sei zu alt dafür, ihre hohe fachliche Qualität sei sowieso erwiesen und in der Branche gut bekannt, sie habe es nicht nötig, Aufträgen nachzulaufen, sie hätten vielmehr von selbst zu kommen. Was mich insgesamt, sagte Kagraner, mit der Zeit etwas wurmte, sodass ich letztlich mit meinem Groll nicht mehr hinter dem Berg zu halten gewillt war und meiner Frau sagte, es sei Unfug, mit fünfzig schon daran zu denken, mit allem aufzuhören. Worauf sie ziemlich wütend wurde, sagte Kagraner, gerade dass sie mir nicht die Aktenordner nachwarf, über denen sie gerade saß, und schrie: Man denkt doch nicht daran, mit allem aufzuhören, du Blödmann, es hört einfach auf! Wenn der Plan erfüllt ist! Auch wenn er nicht erfüllt ist. Aber meiner ist erfüllt!, schrie sie. Ich wollte Kinder! Die sind jetzt groß und ziehen aus! Abgehakt! Ich wollte eine gute und spannende Arbeit! Die hatte ich! Die ist jetzt weg! Oder nicht mehr spannend! Auch abgehakt! Ich wollte Freundinnen! Die gab es! Die gibt es jetzt nicht mehr! Oder nicht mehr so, wie sie waren! Abgehakt! Ich wollte schlank und sportlich sein! Das war ich! Aber jetzt setzt mir das Gewicht zu und die Gelenke leiden beim Tennisspielen! Abgehakt! Und ich wollte einen Mann, um mit ihm all das zu bekommen, was ich bekommen wollte! Oder was ich bekommen konnte! Das habe ich bekommen! Mehr bekomme ich nicht! Und was mache ich mit dem Mann jetzt?, schrie sie. Was mache ich mit dir, jetzt, wo der Plan erfüllt ist, den wir erfüllen konnten, außer mit dir dazusitzen beim Kaffee und zuzuschauen, wie alles aufhört? Und die Zeit danach mit dir totzuschlagen, hier oder auf einer Kreuzfahrt in der Karibik, ohne Plan? Denn es gibt keine Pläne mehr! Wir haben uns erübrigt! Wann wirst du das einsehen!, schrie sie, wir haben uns vollkommen erübrigt! Verstehen Sie?, sagte Kagraner. Aber das Problem ist: Ich will das nicht einsehen. Das werde ich nie einsehen wollen! Nicht in hundert Jahren! Aber jetzt, sagte er, mit Verlaub, wir haben genug geplaudert!, habe ich einen Bärenhunger. Sie nicht? Übrigens, sagte er und winkte dem Kellner, Sie erinnern sich an die Sache mit der Erbschaft, und dass mich meine Frau, ein Wunsch meiner Schwiegermutter, enterben sollte. Ja, natürlich, sagte ich, und? Sie hatten recht, sie hat mich enterbt, sagte Kagraner, soweit sie es konnte, und alles meinen Kindern überschrieben. Aber wieso haben Sie das damals schon gewusst?, fragte er. Und Sie, sagte ich, Sie haben es nicht gewusst? Oder geahnt? Nein, sagte er, wie kommen Sie darauf? Sie haben damals abrupt von etwas anderem gesprochen, sagte ich. Hab ich das?, sagte er. Ja, sagte ich, erinnern Sie sich nicht? Interessant, sagte Kagraner, sehr interessant, wirklich interessant.

Dass mein Blutzuckerwert erfreulicherweise in Ordnung war, erfuhr ich am nächsten Tag. Trotzdem sollte ich, wie der Arzt meinte, unbedingt mein Gewicht reduzieren und mehr Sport betreiben. Und mein Installateur meinte, er wäre gestern sowieso nicht mehr telefonisch anzutreffen gewesen wegen eines Wasserrohrbruchs bei einem seiner Kunden.

Als mich Kagraner während des Essens, das wir knapp vor Küchenschluss doch noch bestellen konnten, nach meinem Lieblingsgericht fragte und ich Cremespinat, Röstkartoffeln und Spiegelei sagte, und er ausrief: Wunderbar, das ist auch meines!, und das er auch gern bestellt hätte, das an diesem Tag aber nicht auf der Karte stand, dachte ich kurz daran, ihn anlässlich unseres Wiedersehens zu mir in die Stadtwohnung auf Cremespinat, Röstkartoffeln und Spiegelei einzuladen, das Einzige, was ich, oft geübt, in höchster Qualität, so meine Meinung, zuzubereiten imstande war. Auch kam mir Kagraner trotz seiner aufgeräumten Art, die er mir gegenüber hervorkehrte, ungewohnt einsam vor. Zumindest glaubte ich in seinem Tonfall, in seinen Gesten und in seinen Blicken Hinweise darauf entdeckt zu haben. Einen Hinweis vor allem auf eine gewisse, seiner Erzählung trotz aller gegenteiligen Bemühungen zugrunde liegende, tiefe Traurigkeit. Ohne dass ich das Gefühl gehabt hätte, er trauerte seiner Ehe nach. Eher hatte ich das Gefühl, die Tatsache, dass sie gescheitert war, wenn auch seiner Meinung nach zu Recht, erfüllte ihn mit Gewissensbissen, mit der Gewissheit, versagt zu haben, und darüber mit Trauer.

Aber im nächsten Moment, bevor ich die Idee zu einer Einladung aussprach, ich war nahe daran, fast hätte ich sie ausgesprochen, verwarf ich sie wieder, denn Kagraner, dessen war ich mir sicher, würde meine Einladung nicht annehmen. Er würde sich verpflichtet fühlen, eine Gegeneinladung auszusprechen, die er, dessen war ich mir genauso sicher, nie aussprechen würde. Vor allem aber würde er sich nie eingestehen, bedürftig zu sein, weitere Geselligkeiten, Zusprüche,

Anteilnahmen zu benötigen. Wenn es nicht überhaupt ein ungeschriebenes Gesetz für ihn war, unsere Bekanntschaft über die Grenzen des Cafés keinesfalls hinausgehen und persönlicher werden zu lassen. Vor allem aber war es für mich undenkbar, und es wunderte mich, dass ich überhaupt auf die Idee gekommen war, jemanden einzuladen. Schon seit Jahren hatte ich niemanden mehr zu Gast gehabt. Vollkommen unvorstellbar, dass ein Fremder meine Wohnung sehen könnte. Und die Vorstellung, dass ausgerechnet Kagraner sie sehen könnte, erschreckte mich. Allein die Möbel! Ich kannte die Möbel meiner Eltern, ich sah sie nicht mehr. Aber Kagraner kannte sie nicht und würde sie sehen. Da sah ich sie plötzlich auch. Und ohne ein Wort zu verlieren, würde er sich Fragen stellen. Die ich mir plötzlich auch stellte. Die ich mir, warum auch?, schon seit einer Ewigkeit nicht mehr gestellt hatte. Aus welchem Jahrzehnt stammt der Vorzimmerkasten? Wann wurden zum letzten Mal derartige Küchen gebaut? Wann ist hier zum letzten Mal staubgewischt worden? Der wuchtige Glasschrank in dem kleinen Wohnzimmer, nimmt einem der nicht die Luft zum Atmen? Und dann der Geruch der Wohnung. Was würde Kagraner riechen, was ich nicht mehr rieche? Wie riecht das Klosett, wie das Badezimmer? Wie riechen die Teller, die Stoffservietten, die ich schon lange nicht mehr benützt habe? Wie die schweren Vorhänge, die Handtücher? Und wäre mir recht, was er riecht? Und ich würde mich fragen: Soll ich beim Betreten der Wohnung wie üblich meine Hausschuhe anziehen? Wie sieht das aus? Wie sieht das für Kagraner aus? Aber andererseits, den ganzen Abend mit Straßenschuhen durch die Wohnung trampeln? Ständig würde ich dem Teppich ausweichen wollen, auf den meine Mutter so bedacht gewesen war. Dem ich aber nicht ausweichen kann. Der Weg zum Esstisch führt über den Teppich. Und wird mir der Spinat gelingen? Was, wenn nicht? Und das Spiegelei? Und würde es mir unter diesen misslichen oder drohenden misslichen

Umständen überhaupt gelingen, Kagraner aufzumuntern? Würden ihn diese nicht noch mehr in die Verzweiflung treiben? Überlegungen, die mir an jenem Nachmittag, sich ununterbrochen aufs Neue an Absurdität übertreffend, die restliche Zeit mit Kagraner gehörig vergällten und mir selbst zu Hause keine Ruhe gönnten, sondern sich noch verschärften und angesichts meiner Wohnung, vor der es mir an diesem Abend ekelte wie noch nie, die bedrohlichsten Formen annahmen, bis, wie befürchtet, die Migräne über mich hereinbrach, diesmal mit ungewöhnlicher Heftigkeit, sodass ich, vollgestopft mit schmerzstillenden Mitteln, betäubt und unfähig, die Lichter zu löschen, vollkommen angezogen samt Hausschuhen ins Bett fiel.

Eigentlich hätte ich ihn auch in mein Haus einladen können. Von dem ich ja inzwischen hätte sagen können, es nicht damals, während unserer ersten Bekanntschaft, sondern erst jüngst renoviert, wenn nicht überhaupt erstanden zu haben.

Aber auch in der Folge sträubte sich etwas in mir, aus mir bis heute nicht erklärlichen Gründen, eine derartige Einladung auszusprechen.

Die Geschichte von den Kindern

Weil Sie das gerade erwähnen, sagte Kagraner, mir fällt ein, ich hatte einen ähnlichen Traum. Ob es ein Tagtraum war wie der Ihre, weiß ich nicht mehr, sagte Kagraner, es könnte auch ein Nachttraum gewesen sein. Nein, sagte er, es muss ein Tagtraum gewesen sein. Aber vielleicht war es überhaupt kein Traum, sondern eine Fantasie, ein Bild, an das ich merkwürdigerweise in den letzten Tagen öfter denke, das unverhofft auftaucht. Ich sehe aus dem Fenster, und da fällt es mir ein. Ich sitze in der Straßenbahn, und da fällt es mir ein. Irgendein spezieller Anlass?, fragte ich. Nicht dass ich wüsste, sagte Kagraner. Jedenfalls scheinen es Momente zu sein, in denen ich gerade mit nichts beschäftigt bin, die das Auftauchen der Bilder begünstigen. Und es ist interessant, sagte er, dass ich mir diese kleine Geschichte gern vorstelle, verstehen Sie. Es ist mir angenehm, dabei zu verweilen, sie mir immer wieder aufs Neue von Beginn an vorzustellen, sie mir gewissermaßen Schritt für Schritt immer aufs Neue zu erzählen, sie mir vorzufantasieren. Was ist das für eine Geschichte?, fragte ich. Kagraner schwieg. Er gab Zucker in seinen Kaffee und rührte um. Oder wollen Sie sie nicht erzählen?, sagte ich. Es ist schwierig, sie zu erzählen, sagte Kagraner, ich hab sie noch nie erzählt, in Worten. Ich hab sie immer nur mir erzählt. Aber sich selber, sagte Kagraner, erzählt man keine Geschichten in Worten. Es ist eine Bilderabfolge, sagte er. Mir selber baue ich nur ein Bild auf oder eine Reihe von Bildern, ohne scharfe Konturen, es sind nur bestimmte Elemente, die in meinem Kopf auftauchen und sich ineinanderfügen. Und sie sehen immer ein bisschen anders aus. Im Kopf, sagte Kagraner, kann alles so aussehen und im nächsten Moment anders, und doch ist es irgendwie dasselbe. Denn am Ende kommt immer dasselbe heraus. Es muss immer dasselbe herauskommen, sagte Kagraner, verstehen Sie, und lachte, am Ende muss immer dasselbe Gefühl herausspringen. Deshalb hole ich es ja auch immer wieder hervor. Sie machen mich aber sehr neugierig, sagte ich. Wollen Sie es nicht doch versuchen? Was?, fragte Kagraner. Mir den Traum zu erzählen, sagte ich, diese kleine Tagtraumgeschichte. Es ist eine Straße, eine Landstraße, schnurgerade, sagte er, ein flaches Land, kein Verkehr, keine Menschen, Ausblick auf Berge weit hinten. Ich sitze mit meinen Kindern im Straßengraben. Wir essen und trinken und unterhalten uns. Und interessanterweise sind es nicht nur zwei Kinder, denn Sie wissen, ich habe ja nur zwei, sagte Kagraner, sondern drei. Keine Ahnung, woher das dritte gekommen ist, jünger als die anderen, ein Mädchen, aber sie erscheint mir nicht als Fremde, sondern ganz selbstverständlich ebenfalls als meine Tochter. Eine solche Situation hatte ich wirklich erlebt, sagte Kagraner, auf einer Autobahn in Frankreich, auf dem Weg in den Urlaub. Wir hatten eine Panne und saßen im Straßengraben, im Gras, es war Hochsommer, Nachmittag, die Sonne schien, es war heiß, wir tranken Limonaden, aßen Kekse und warteten auf den Pannendienst. Und ähnlich ist es in meinem Traum, sagte Kagraner, nur eben keine Autobahn, und meine Frau fehlt. Ich bin allein mit den drei Kindern, die irgendwann den Straßengraben verlassen und, ohne sich weiter um mich zu kümmern, die schnurgerade Straße entlang auf die Berge zugehen, lachend, sich schubsend, einander nachlaufend. Ich sehe aus dem Straßengraben heraus zu, wie sie sich entfernen. Manchmal bleiben sie stehen, weil sie einander etwas Spezielles zu sagen haben oder sich das Schuhband neu knüpfen müssen oder sich herumgebalgt haben und gestolpert sind. Da sehen sie auch zu mir her, eher beiläufig und zufällig, wie man eben, weil man gerade in die Richtung schaut, zufällig jemanden sieht, winken und lachen mir zu und setzen ihren Weg fort, sich weiter balgend, kichernd und immer wieder laut auflachend. Und ich sehe sie immer kleiner werden. Aber ich sehe sie die ganze Zeit, sagte Kagraner, ich sehe sie nie ganz verschwinden. Und wie fühlen Sie sich?, fragte ich. Wie ich mich fühle?, sagte Kagraner. Ja, sagte ich, im Straßengraben, wie fühlen Sie sich da? Ich weiß nicht, sagte Kagraner, mir kommt vor, mich interessiert weniger, wie ich mich fühle, als dass ich meine drei Kinder noch sehe, wie sie sich balgen und lachen, auch wenn sie noch so klein und entfernt sind. Was Ihnen der Traum auch gewährt, sagte ich. Genau, sagte Kagraner. Und, sagte ich, war es schwierig, ihn zu erzählen? Eigentlich nicht, sagte Kagraner. Es ist, und ich freue mich darüber, ja doch wieder dasselbe herausgekommen.

Die Geschichte von den Krampfadern

Wenn Sie wüssten!, sagte Kagraner und ließ sich, während er den Kellner, der gerade vorbeikam, bat, ihm schnell ein Glas Wasser zu bringen, schwer in die Polsterung fallen. Was ist los?, fragte ich. Ich habe Ihnen doch versprochen, sagte Kagraner und atmete tief durch, Ihnen jedes Mal von meinen neuesten Krankheiten zu erzählen, falls welche auftreten sollten, und sind es auch nicht direkt Krankheiten ... Ich bitte Sie, sagte ich, Sie müssen sich nicht sklavisch daran halten. Nein, nein, sagte Kagraner, natürlich nicht. Aber es bedeutet mir sehr viel, Ihnen davon erzählen zu können, sagte er, gerade heute. Gerade heute?, sagte ich. Was ist das Problem? Es sind die Krampfadern, sagte er, die Krampfadern sind das Problem. Die Kampfadern?, sagte ich. Ja, sagte Kagraner, die, und Sie verzeihen, wenn ich mit der Tür so ins Haus falle!, in den letzten Tagen wieder aktiv geworden sind, falls man das von Krampfadern so sagen kann. Auf welche Weise aktiv geworden?, fragte ich. In dem Sinn, sagte er, dass sie einen harten Knoten gebildet haben. Nein, nein, sagte er, nichts Gefährliches. Er tut nicht sonderlich weh, er ist nicht sonderlich heiß. Sicher, sagte er, es besteht die Gefahr einer Venenentzündung. Ich weiß, dass diese Gefahr besteht, sagte er, diese Gefahr besteht immer. Aber ich bin ebenso sicher, sagte Kagraner, es ist keine. Haben Sie das oft?, fragte ich. Nicht oft, sagte Kagraner, aber immer wieder. Möchten Sie greifen?, sagte er. Wie bitte?, sagte ich. Hier, sagte er, griff unter den Tisch und zog an einem seiner Hosenbeine, offenbar um es über die Wade hochzuziehen, greifen Sie! Ich kann es mir vorstellen, sagte ich. Haben Sie auch Krampfadern?, sagte er. Nein, sagte ich. Dann können Sie sich das nicht vorstellen, sagte er. Doch, sagte ich, meine Mutter hatte Krampfadern. Umso besser, sagte er, dann wissen Sie doch ein bisschen Bescheid. Greifen Sie! Ich bitte Sie, sagte ich,

ich kann doch nicht hier in aller Öffentlichkeit ... Natürlich, sagte Kagraner, verzeihen Sie meine Unverschämtheit. Nein, nein, sagte ich. Doch, doch, sagte er, denn es ist nicht meine Art, und ich bitte Sie, mir das zu glauben!, fremde Menschen in öffentlichen Lokalen zu bitten, an meinem Körper herumzugreifen, aber diesmal läge mir sehr viel daran zu erfahren, wie Sie meinen Knoten einschätzen. Aber ich bitte Sie, sagte ich, ich bin kein Arzt. Sie sollten einen Arzt aufsuchen. Sehen Sie, sagte Kagraner, das ist ja das Problem. Was für ein Problem?, sagte ich. Ich war ja beim Arzt, sagte er. Und, fragte ich, was hat er gesagt? Dass es keine Venenentzündung sei, sagte Kagraner. Und wo ist dann das Problem?, sagte ich. Dass meine Haushaltshilfe sagt, es ist eine, sagte Kagraner, und mir Stützstrümpfe verpassen möchte und Bettruhe verordnen. Aber wenn der Arzt sagt, es ist keine, sagte ich. Das sagen Sie einmal meiner Haushaltshilfe!, sagte Kagraner. Aber um sicherzugehen, sagte er, und es liegt mir viel daran, gerade in dieser Angelegenheit sicherzugehen, hätte ich gern eine zweite Meinung eingeholt, und zwar Ihre.

Die Geschichte vom Nachruf

Was mich seit gestern beschäftigt, sagte Kagraner, was mich bestürzt hat, nein, nein, nichts Dramatisches, sagte er, als ich mich mit einem überraschten, vielleicht ein wenig besorgten Blick nach vorn beugte, ist der Nachruf auf einen gewissen Robert Meinhag, den ich gestern in der Zeitung gelesen habe. Robert Meinhag?, sagte ich. Ja, sagte Kagraner, ein Journalist, kennen Sie ihn? Nicht dass ich wüsste, sagte ich, wo hat er geschrieben? In allen möglichen Zeitungen, sagte Kagraner, zuletzt, glaube ich, in einem der Bezirksblätter. Und Sie haben ihn gekannt?, fragte ich. Vor Jahren, sagte Kagraner. Er hat damals mit seiner Frau, vielleicht war es auch seine Freundin, und einem Kind, das damals sehr klein war, zwei, drei Monate neben mir gewohnt. Und war dann plötzlich verschwunden, sagte Kagraner, samt Frau und Kind, über Nacht, ich habe ihn nie wieder gesehen. Und trotzdem können Sie sich an ihn erinnern, sagte ich, sogar an seinen Namen? Ja, sagte Kagraner, weil ich hin und wieder in Zeitungen las, in denen er geschrieben hatte. Aber Sie sagten, Sie waren bestürzt, sagte ich, wieso bestürzt? Das wusste ich in diesem Moment selbst nicht, sagte Kagraner. Im Nachruf hieß es, er sei ein hervorragender Journalist und beliebter Kollege gewesen und sei einige Tage tot in seiner Wohnung gelegen. Vielleicht hat sie das bestürzt, sagte ich. Nein, nein, sagte Kagraner, man liest ja ständig von Toten, die tagelang in ihrer Wohnung liegen. Was mich bestürzt hat, sagte Kagraner, oder, um es weniger drastisch auszudrücken, was mich auch heute, einen Tag später, immer noch eigenartig berührt, sind nicht so sehr die Umstände seines Todes, obwohl mir auch die zu denken geben – wo ist seine Frau oder Freundin?, wo ist sein Kind, das ja inzwischen erwachsen sein müsste?, wieso hat ihn tagelang niemand vermisst?, und wieso ist er so jung gestorben?, er war ja doch um einiges jünger als ich –, sondern eher der Hinweis, und darauf bin ich erst jetzt gekommen, sagte Kagraner, auf dem Weg hierher, dass er auch Romanautor, Drehbuchautor und Dramatiker gewesen sei. War er das nicht?, fragte ich. Ich weiß es nicht, sagte Kagraner. Ich erinnere mich nur, dass er mir einmal im Lift, und wir trafen uns nur im Lift, von einem Romanprojekt erzählt hat, auch von einem Theaterstück, an dem er arbeite, dass ich aber später niemals etwas von einem veröffentlichten Roman oder einem aufgeführten Stück gehört habe. Aber ich bitte Sie, sagte ich, bei dieser Unmenge von Büchern, die jährlich erscheinen, bei dieser Unmenge an Theateraufführungen. Jaja, sagte Kagraner, natürlich, Sie haben vollkommen recht. Und soviel ich weiß, sagte ich, interessieren Sie sich ja kaum für Romane und Theater. Ja, sagte Kagraner, auch darin haben sie recht. Romane und Theater haben mich noch nie interessiert. Eben, sagte ich. Nein, sagte Kagraner, eben nicht *eben!* Denn ich spreche ja nicht von mir. Sondern?, fragte ich. Moment, sagte Kagraner, ich bin ja dabei, es Ihnen zu erläutern. Ich spreche von einem Kulturjournalisten, den ich zufällig, vor noch nicht allzu langer Zeit, auf einer Gesellschaft getroffen habe, und der mir, als ich ihn beiläufig fragte, ob er nicht einen gewissen Robert Meinhag kenne, sagte, natürlich, das sei sein Kollege und der sitze zwei Zimmer weiter in der Lokalredaktion. Worauf ich mich sofort nach Meinhags Romanen und Theaterstücken erkundigte. Was meinen Gesprächspartner aber ziemlich erstaunte, sagte Kagraner. Denn er wisse zwar, dass sein Kollege Romane und Stücke schreibe, wobei er sich aber im nächsten Moment korrigierte und sagte, nein, eigentlich wisse er nicht, ob sein Kollege auch tatsächlich Romane und Stücke schreibe und wie viele er tatsächlich schon geschrieben habe, er bekomme von ihm nur erzählt, dass er dabei sei, Romane, Stücke und Drehbücher zu schreiben. Was er aber sicher wisse, sagte er, sei, dass keiner dieser Romane und keines dieser Stücke oder Drehbücher je das Licht der Öffentlichkeit erblickt habe, denn darüber wisse er als Kulturredakteur auf alle Fälle Bescheid. Und das beschäftigt Sie, sagte ich, dass er geschrieben hat, aber nie etwas veröffentlicht? Das auch, sagte Kagraner, aber das ist nicht der Punkt. Sondern?, fragte ich. Der Punkt ist, sagte Kagraner, dass es heißt, er sei Roman- und Drehbuchautor und Dramatiker gewesen, und nicht, er habe auch Romane, Drehbücher und Stücke geschrieben. Na und?, sagte ich, wo ist da der Unterschied? Wo ist da der Unterschied!, wo ist da der Unterschied!, rief Kagraner plötzlich aus und lachte, dass die Herren am Nebentisch zu uns hersahen. Ja, sagte ich, wo ist der? Da ist ein gewaltiger Unterschied, sagte Kagraner. Inwiefern?, fragte ich. Inwiefern! Inwiefern!, rief er wieder aus und lachte. Insofern, sagte Kagraner, dass man jemanden erst dann Roman- und Drehbuchautor oder Dramatiker nennen kann, wenn er seine Romane, Drehbücher und Stücke auch veröffentlicht hat, seine Werke also öffentlich, eben auch von der Fachwelt, als solche anerkannt sind, er also gewissermaßen die Fachprüfung bestanden hat. Das ist die Frage, sagte ich. Das ist überhaupt nicht die Frage, sagte Kagraner. Aber er hat doch Romane, Stücke und Drehbücher geschrieben, sagte ich, also ist er auch Romanautor, Drehbuchautor und Dramatiker! Sehen Sie, sagte Kagraner, ich arbeite leidenschaftlich gern im Garten und kann mich rühmen, schon die seltsamsten und heikelsten Pflanzen zum Blühen gebracht und über eine ganze Saison lang auch am Leben erhalten zu haben, zum Staunen meiner Nachbarn. Und ich habe sogar Chamäleons gezüchtet. Aber es ist höchst unwahrscheinlich, sagte Kagraner, dass ich deswegen in einem Nachruf auf mich als Gärtner und Tierzüchter bezeichnet werde, oder? Vielleicht würde erwähnt, ich hätte leidenschaftlich gern im Garten gearbeitet, mit einer gewissen Begeisterung eine Zeit lang Chamäleons gezüchtet, aber niemand würde ernsthaft auf den Gedanken kommen, mich als Gärtner oder Tierzüchter zu bezeichnen, oder? Aber ich bitte Sie, sagte ich, seien Sie doch nicht so kleinlich! Kleinlich?, sagte Kagraner. Ja, sagte ich, lassen Sie diesem armen Meinhag wenigstens posthum die Ehre, Roman- und Drehbuchautor und Dramatiker gewesen zu sein. Das ist doch nicht der Punkt, sagte Kagraner. Nein?, sagte ich. Nein, sagte Kagraner, das ist überhaupt nicht der Punkt! Der Punkt ist nicht, ob ich ihm die posthume Ehre lasse oder nicht. Natürlich lasse ich sie ihm, sagte Kagraner, ich lasse ihm jede Ehre, auch die posthume. Der Punkt ist, sagte er, ob ihm die anderen die Ehre lassen! Die anderen?, sagte ich. Ja, sagte Kagraner, der Punkt ist, ob man ihm tatsächlich damit eine Ehre erweist, indem man so deutlich darauf hinweist, dass er sich zwar bemüht hat, als Dichter zu veröffentlichen und damit öffentlich auch als Dichter zu gelten, aber tatsächlich nie etwas veröffentlicht hat und daher auch nie als Dichter gegolten hat. Verstehen Sie, was ich meine? Ja, sagte ich, aber ... Und jetzt frage ich Sie, sagte Kagraner, ohne mich zu Wort kommen zu lassen und mir die Gelegenheit zu geben, meinen Einwand zu formulieren, ist das nicht viel eher eine Verhöhnung des Toten als eine Ehrung? Macht sich da nicht jemand lustig über ihn und sein Versagen? Lacht sich da nicht jemand, vielleicht ein Kollege, vielleicht gerade der, mit dem ich gesprochen habe, schadenfroh ins Fäustchen über das vergebliche Streben seines Kollegen ausgerechnet von der Lokalredaktion nach Höherem? Würden Sie sich da geehrt fühlen, sagte Kagraner, in einem Nachruf als jemand bezeichnet zu werden, der Sie vielleicht gern gewesen wären, aber, wie alle wissen, in ihrem Leben definitiv nie gewesen sind? Nein, sagte ich, ich versuche aber auch nicht mein ganzes Leben lang wie Ihr Robert Meinhag mit viel Hingabe unbedingt etwas zu sein, was ich am Ende meines Lebens Ihrem gestrengen Urteil nach dann doch nicht werde gewesen sein dürfen. Nur zu!, sagte Kagraner. Ich verspreche Ihnen, beim Augenlicht meiner Mutter!, Sie werden es gewesen sein dürfen!

Die Geschichte von der Beobachtung

Ich möchte Sie nicht ängstigen, sagte Kagraner eines Tages, ich bin nicht übergeschnappt, aber ich fühle mich gelegentlich außerstande, mich unbeschwert durch die Stadt zu bewegen. Wie denn das?, sagte ich. Haben Sie zu lang auf dem Land gelebt? Ich weiß es nicht, sagte er. Aber es beginnt schon bei der U-Bahn. Ich steige in die U-Bahn, und mein Blick fällt unwillkürlich, ich betone, unwillkürlich auf diese Halbkugeln, die an den Decken der U-Bahnen montiert sind, hinter denen sich Überwachungskameras verbergen, ohne dass man sehen kann, welchen Teil des U-Bahn-Inneren sie gerade überwachen, ob sie mich im Auge haben, ob sie jemand anderen im Auge haben, und das macht mich unsicher, verstehen Sie. Sodass ich das unwiderstehliche Bedürfnis habe, nicht nur die U-Bahn, sondern den U-Bahn-Bereich überhaupt schleunigst zu verlassen. Aber die Kameras sind doch dazu da, um für die Sicherheit der Fahrgäste zu sorgen, sagte ich. Ich weiß, sagte Kagraner. Um Taschendiebe abzuschrecken, sagte ich, hier in der Zeitung, lesen Sie!, jede Menge Überfälle und Gewalttaten, selbst am helllichten Tag. Jaja, sagte Kagraner, der Sinn der Überwachungskameras ist mir durchaus geläufig. Trotzdem, sagte er, es macht mich nervös, dass ich sie nicht immer sehe. Und wenn ich eine sehe, denke ich mir, gut, die eine sehe ich, und ich sehe, wie sie mich beobachtet, aber wie viele sehe ich nicht, und die beobachten mich auch. Aber wo ist das Problem?, fragte ich. Das Problem ist, sagte Kagraner, dass ich nicht weiß, wie ich mich verhalten soll. Wie Sie sich verhalten sollen?, sagte ich. Ja, sagte Kagraner. Ich habe nicht die Angst, dass ich mich verdächtig verhalten könnte, dass ich durch einen dummen Zufall Gegenstand polizeilicher Ermittlungen werden könnte, weil ich zur falschen Zeit am falschen Ort bin und unschuldig in irgendetwas

Unangenehmes hineingeraten könnte, obwohl ich schon sehe, dass das eine ernste Gefahr sein könnte, sondern ich werde die Vorstellung nicht los, ständig angeschaut zu werden, ständig taxiert, beurteilt und interpretiert zu werden. Wollen denn Sie das, ständig angeschaut werden?, sagte Kagraner. In einer Gesellschaft zum Beispiel. Nichts ist mir unangenehmer als im Mittelpunkt zu stehen, Gegenstand eingehender Betrachtung zu sein, ständig Blicke auf sich gerichtet zu haben und nicht zu wissen, wie man stehen soll, wie man dreinschauen soll, welche Bewegungen man machen soll, um in günstigem Licht zu erscheinen, welche Bewegungen man nicht machen darf, ob man sich jetzt die Nase putzen darf oder nicht, ob man sich jetzt kratzen darf oder nicht. All das weiß ich plötzlich auch nicht, wenn ich durch die Straßen gehe. Habe ich jetzt eine Grimasse geschnitten, die jemand auf einem Monitor kommentiert? Unterhält sich jemand mit einem anderen über meine Frisur, die er über die Überwachungskamera in seinen Überwachungsraum geliefert bekommt? Macht sich jemand lustig, weil ich gestolpert bin, weil mir der Wind den Hut vom Kopf bläst, weil mir ein Speiserest im Mundwinkel klebt? Verstehen Sie, was ich meine?, sagte Kagraner. Ich kann überhaupt nicht mehr gehen, vor lauter Überlegungen, wie ich gehen soll. Ich kann überhaupt nicht mehr schauen, vor lauter Überlegungen, wie ich schauen soll. Ich kann überhaupt nicht mehr mit den Armen schlenkern beim Gehen, vor lauter Überlegungen, schlenkere ich jetzt natürlich mit den Armen oder eher unnatürlich verkrampft, ist es jetzt richtig, dass der rechte Arm vorn ist oder sollte nicht eher der linke vorn sein? Und wenn ich einmal begonnen habe, mir vorzustellen, wer was an mir beobachten kann und falsch und lächerlich finden, und dass er alles an mir beobachten kann und alles falsch und lächerlich finden, und wie kontinuierlich ich aufgrund der immer lückenloser installierten sichtbaren und unsichtbaren Überwachungskameras unter Beobachtung stehe, wobei ich mir natürlich sofort einbilde, nicht nur gelegentlich, sondern durchgehend, auf meinem ganzen Weg durch die Stadt, von daheim bis hierher, detailliert beobachtet zu werden, sozusagen durchbeobachtet zu werden, womöglich schon längst vollständig durchbeobachtet bin, dann kann ich nicht anders, als schleunigst das Weite zu suchen und mit einem Taxi nach Hause zu fahren, wo, wie ich hoffe, noch keine Überwachungskameras aufgestellt sind. Ich verstehe, sagte ich. Wobei ich mir nicht sicher bin, sagte Kagraner, dass nicht auch hier im Kaffeehaus irgendwo eine Kamera montiert ist, die uns beobachtet, natürlich aus Sicherheitsgründen, und dass nicht auch hier irgendwo hinten, in einer abgelegenen Kammer hinter der Küche jemand sitzt und unsere Sitzhaltungen kommentiert und in schallendes Gelächter ausbricht, weil Sie etwas Kaffee verschüttet haben. Das haben Sie bemerkt?, sagte ich lachend. Ja, sagte Kagraner, das habe ich bemerkt. Aber ich will nicht wissen, was die hinter der Küche noch alles an Ihnen bemerkt haben, von dem Sie nichts wissen, von dem Sie auch nie etwas wissen werden, von dem auch ich nichts weiß und nie etwas wissen werde, obwohl ich Sie ja auch ständig beobachte.

Kagraner schien mir in letzter Zeit doch etwas wunderlich zu werden. Sein Ansinnen, öffentlich seine Krampfadern zu betasten – absurd!, und mit dem Kagraner, wie ich ihn kannte, in keiner Weise zu vereinbaren! Oder seine Ausführungen zum Tod des Journalisten – etwas kraus, zumindest befremdlich! Oder, das Neueste, seine Angst vor den Kameras in der U-Bahn und auf öffentlichen Plätzen und seine Reaktionen darauf – grotesk!, wenn nicht gar leicht ins Pathologische tendierend!

Zudem hatte er es sich seit einiger Zeit zur Gewohnheit gemacht, mich an Tagen, an denen ich nicht mit ihm rechnete, an denen wir auch nichts ausgemacht hatten, im Café zu überraschen. Ich saß da, in meine Gedanken vertieft, weder auf den Kellner achtend, der zwischen den Tischen umherlief, noch auf die Gäste, die kamen und gingen, ich hörte auch nicht mehr die Gespräche am Nebentisch, auch nicht mehr das Rufen und Lachen, schloss mitunter sogar die Augen, und in dem Moment, in dem ich mich in meiner Abgeschiedenheit am wohlsten zu fühlen begann, war plötzlich Kagraner da und platzte, ohne Umschweife, was ich verabscheue und immer schon als unverzeihlichen Übergriff auf meine Person auf das Schroffste zurückzuweisen gewusst habe, mit einer Geschichte heraus, mitten in meine Gedanken hinein. Ohne Rücksicht darauf, dass ich vielleicht gar nicht in der Stimmung war, sie zu hören, ich vielleicht nicht die geringste Lust verspürte, in diesem Augenblick, in dem ich in meine eigenen Gedanken versunken war, mich mit seinen Geschichten zu beschäftigen. Und oft kam es mir vor, als wäre seine Geschichte da, noch vor ihm. Als hörte ich sie, zuerst von weit weg, dann immer näher kommend, in meine Gedanken hineintönen, sich in sie einmischend, in sie eindringend, sodass ich am Ende, etwas in die Enge getrieben und durcheinandergebracht, die Augen wie zur Befreiung, wie in der Absicht, einem Alptraum zu entkommen, aufriss, und da saß er vor mir, freundlich, sich wie gewöhnlich die Hemdmanschetten aus dem Sakkoärmel zupfend, und redete, zwang mir seine Geschichten auf. Mit der größten Selbstverständlichkeit. Hatte er früher nur darauf gedrängt, mich zu sehen, und sich nahezu peinlich genau an Vereinbarungen und Termine gehalten, überfiel er mich jetzt, ohne sich um Vereinbarungen und Termine zu kümmern. Als ob ihm bestimmte Grenzen der Höflichkeit, auf die er immer sorgfältig zu achten gewusst hatte, abhanden gekommen wären, einfach verschwunden. Kam das mit dem Alter? Und davon, dass Kagraner allein lebte, Tag und Nacht keinen Menschen sah, keinen zu sehen gezwungen war, keiner geregelten Tätigkeit nachging? Verschwinden mit den regelmäßigen zwischenmenschlichen Begegnungen auch die üblichen Normen und Gewohnheiten zwischenmenschlichen Verhaltens?, dachte ich mir. Erscheinen sie plötzlich entbehrlich, sinnlos, wenn nicht gar hinderlich? So allein, und das bedrückte mich zusehends!, verluderte Kagraner ja sichtlich vollends. Es war eine besondere Form der Verwahrlosung, die Kagraner, um es drastisch zu sagen, nahezu zersetzte, und der ich, um nicht selbst davon in Mitleidenschaft gezogen zu werden, Einhalt gebieten musste.

Zum Glück, auch wenn ich kein gutes Gefühl dabei hatte, Kagraner allein zu lassen, hatte ich den Flug nach Glasgow gebucht, um mir mit meinem Installateur, der letztlich doch mitfliegen konnte, das Match Celtic Glasgow gegen Manchester United anzusehen und anschließend ohne ihn, er musste zurück zur Arbeit, nach Eastbourne, an die Südküste Englands, zu reisen, wo ich vor langer Zeit mit meiner verstorbenen Frau, wir wohnten, daran erinnerte ich mich sehr gut, im Cavendish Hotel, einem sehr exklusiven Hotel direkt am Strand, eine wunderbare Woche verbracht hatte und wo ich nun, es war Ende Juli und ich hatte Lust auf Urlaub, ein paar ruhige Tage verbringen wollte. An Kagraner dachte ich kaum, hoffte allerdings, wenn ich an ihn dachte, er würde sich ebenfalls etwas Abwechslung gönnen, vielleicht doch irgendwo Urlaub machen und bei meiner Rückkehr wieder der Alte sein.

Die Geschichte vom Mädchen aus der Jugendherberge

Heute bin ich aufgewacht mit dem Gedanken, sagte Kagraner, der Sommer ist bald aus und ich habe ihn nicht genossen. Das hat mich beschäftigt, sagte er, vor allem die Frage: Wo könnte ich ihn am besten schnell noch genießen? Am Kahlenberg? In den Praterauen? An der Alten Donau, sagte ich. Auch daran habe ich gedacht, sagte Kagraner. Und, sagte ich, wo sind Sie gelandet? Im Augarten, sagte er. Im Augarten?, sagte ich. Ausgerechnet im Augarten? Ja, sagte Kagraner, dort habe ich, als ich jung war, häufig den Sommer genossen. Ich habe in der Nähe gewohnt, sagte Kagraner, und im Augarten immer am ungestörtesten in der Wiese und in der Sonne liegen können. Und Sie sind wirklich in den Augarten?, sagte ich. Ja, sagte Kagraner, aber als ich dort bin und an den jetzigen Sommer denken möchte und daran, wo ich vielleicht noch hinfahren könnte, auch an einen Last-Minute-Ticket-Meeraufenthalt habe ich gedacht, fällt mir plötzlich ein ganz anderer Sommer ein, und zwar ein bestimmter Tag auf einer meiner Autostoppreisen nach Spanien. Ich sitze auf einer Anhöhe, sagte Kagraner, noch an der französischen Küste, kurz nach Cannes, neben mir ein Mädchen aus Deutschland, das ich erst am Nachmittag am Strand kennengelernt habe und das ebenfalls in der Jugendherberge, die sich gleich hinter uns befindet, übernachtet. Wir haben den Abend in Cannes verbracht, in einem Tanzlokal am Strand, gemeinsam mit Freunden, haben getanzt und uns geküsst und sitzen nun hier auf dieser Anhöhe und küssen uns weiter. Es ist Nacht, unter uns das Meer, wir sehen die Lichter von Cannes, Lichter von Schiffen und Booten, es ist Vollmond und das Meer hell erleuchtet. Und ich erinnere mich sehr genau, sagte Kagraner, während ich das Mädchen umarmt halte, es immer wieder küsse, und sie hat, ein Detail am Rande, sagte Kagraner, daran erinnere ich mich besonders gut, einen merkwürdigerweise immer nassen Mund, während ich sie also küsse und ihren immer nassen Mund und auch in ihr Höschen zu kommen trachte, sage ich zu mir: Diesen Moment, dieses Glücksgefühl, musst du festhalten, um dich später daran erinnern zu können. Und Sie sehen, sagte Kagraner, ich habe ihn festhalten können und mich heute daran erinnert, vierzig Jahre später heute im Augarten. Und es war mir dabei, sagte er, als würde ich mir zuwinken, über die vierzig Jahre hinweg. Ich winke vom Augarten aus nach Südfrankreich und sehe mich und das Mädchen dort sitzen, und ich winke von Südfrankreich zurück und sehe mich im Augarten sitzen mit einer Familie neben mir, mit kleinen Kindern, die im Kies spielen, und Erwachsenen, die Kaffee trinken. So haben Sie also doch noch Ihren Sommer genossen, sagte ich. Nicht ganz, sagte Kagraner, ich habe an diesem wunderbaren Sommertag im Augarten nur die Erinnerung an eine wunderbare Sommernacht am Meer genossen. Die Sie aber nur deswegen haben genießen können, sagte ich, weil Sie den wunderbaren Sommertag im Augarten genossen haben. Sie haben das eine durch das andere genossen. Oder irre ich mich? Sie könnten recht haben, sagte Kagraner. Aber da gibt es einen kleinen Unterschied. Und der wäre?, sagte ich. Damals hab ich in die Zukunft gewunken, sagte Kagraner, heute in die Vergangenheit.

Die Geschichte von den Briketts

Stellen Sie sich vor, sagte Kagraner, nachdem er sich gesetzt hatte, ich habe meine Frau getroffen. Absichtlich?, fragte ich. Von ihrer Seite absichtlich, sagte er, von meiner nicht. Um Ihnen Vorwürfe zu machen?, sagte ich. Keinesfalls, sagte Kagraner, sie wollte mehr Geld für die Kinder, die zu studieren begonnen haben. Eine Forderung, die ich durchaus gerechtfertigt finde und der ich nach Maßgabe meiner Mittel auch nachkommen werde. Und keine Vorwürfe?, fragte ich. Ja, sicher, sagte Kagraner, die üblichen Sätze fielen natürlich wie *das warst doch du, der damals, nicht ich* oder *hättest du doch damals das oder jenes getan* oder *ich bin mir da keiner Schuld bewusst* oder *was haben wir falsch gemacht.* Aber sie fielen so nebenbei, ohne große Begeisterung, verstehen Sie, sagte Kagraner, ohne Ambition, ohne dass wir ernsthaft eine besondere Wirkung erwartet hätten. Sie wurden einfach gesagt. Denn wir hatten nichts falsch gemacht, sagte er, das wussten wir beide. Ja, da und dort hätten wir sicher etwas hinauszögern können, etwas länger frisch halten, etwas besser beherrschen. Aber im Grunde, sagte er, hatten wir unser Bestes getan, um das Leben in unserem Sinn am Laufen zu halten. Aber sehen Sie, sagte er, was mich besonders beschäftigte, als wir uns so gegenübersaßen, war dieser merkwürdige Zustand des Erloschenen, in dem wir uns befanden, den ich deutlich und schmerzlich spürte. Unsere Begegnungen, unsere Gespräche waren doch jahrzehntelang von ganz anderer Art, verstehen Sie, sagte er. Immer getragen, durchsetzt, angetrieben von Plänen, Projekten, Sorgen, Gefühlen und von Versuchen, Probleme zu lösen, von einer gewissen Dynamik in eine Zukunft hinein, die wir zu gestalten, zu bewältigen hatten. Nichts davon mehr, klarerweise, sagte Kagraner, als wir in diesem Café saßen. Es war ein Gespräch eher getragen von Müdigkeit, von einer unangenehmen, mühsam aufrechterhaltenen Anstrengung, das Gespräch weiterzuführen, es wichtig zu nehmen und dabei aufmerksam und freundlich zu bleiben. Wir saßen da, sagte Kagraner, wie soll ich es sagen?, wie zwei ausgekühlte Briketts, wenn Sie den Vergleich nicht zu bombastisch finden, erodiert, gewissermaßen als Erinnerung an die Glutnester und an die Hitze von damals. Aber was rede ich, sagte Kagraner, alles in allem war es ein Gespräch zwischen zwei vernünftigen Menschen, die gemeinsam eine Geschichte abgeschlossen hatten, nicht ohne gelegentliche Andeutungen durchaus auch eines Bedauerns. Und die Kinder?, fragte ich. Die wollen mich nicht sehen, sie wollen nichts von mir hören, sagte Kagraner. Und wissen Sie, sagte er, schon wollte ich sagen, was man in so einem Fall, wie ich gehört habe, öfter zu sagen pflegt: Du hast sie gegen mich aufgehetzt. Es lag mir auf der Zunge, sagte Kagraner, verstehen Sie, ich fühlte mich nahezu erpresst, es zu sagen, weil man es eben so sagt, aber im selben Moment dachte ich, sie hat sie nicht aufgehetzt. Die Kinder hassen eben die Enttäuschung, die ich ihnen zugefügt habe, sagte er, und das wohl mit Recht, finden Sie nicht?

Die Geschichte vom baldigen Tod

Nicht dass ich Schlafstörungen hätte, sagte Kagraner, ich schlafe ausgezeichnet. Immer schon hab ich ausgezeichnet geschlafen. Selbst größere Sorgen haben mich nicht daran hindern können, zügig einzuschlafen. Beneidenswert, sagte ich. Ja, sagte Kagraner, was meine Frau aber häufig dazu bewogen hat, mir Gleichgültigkeit zu unterstellen oder Herzlosigkeit oder, wie sie es einmal ausgedrückt hat, ein verabscheuungswürdiges Desinteresse. Und das nur, sagte ich, weil Sie gut geschlafen haben? Ich bitte Sie, sagte Kagraner, es wird Ihnen doch nicht entgangen sein, dass es für manche Menschen nichts Schrecklicheres gibt, als dazuliegen und nicht einschlafen zu können, während daneben einer schnarcht mit einer Wollust und einer Zufriedenheit, dass die Wände erzittern. Natürlich, sagte ich und lachte, wer kennt das nicht? Sehen Sie, sagte Kagraner, aber in letzter Zeit hat die Qualität meines Schlafs, nein, nicht meines Schlafs, meines Einschlafens, ja, die Qualität meines Einschlafens, einen, wie soll ich sagen?, kleinen Sprung bekommen. Einen kleinen Sprung?, sagte ich. Ja, sagte Kagraner, mein Einschlafen ist nicht mehr so, wie es sein soll, wie es immer gewesen ist. Inwiefern?, fragte ich. Es beschäftigt ungut meine Aufmerksamkeit, sagte Kagraner. Vielleicht das Wetter, sagte ich. Nein, nein, sagte Kagraner, Sie wissen, ich bin nicht wetterfühlig. Oder zu viel gegessen, sagte ich. Ach, sagte Kagraner, zu viel Essen macht mir nichts aus. Dann vielleicht ein unangenehmer Gedanke, sagte ich. Ja, vielleicht, sagte Kagraner. Aber dann kein gewöhnlicher unangenehmer Gedanke. Gewöhnliche unangenehme Gedanken kommen und gehen. Die beeindrucken mich nicht. Aber vor einigen Tagen, und das war höchst sonderbar, sagte Kagraner, das hatte ich noch nie, lag ich im Bett und dachte: Wie würde ich einschlafen, wenn ich eine Krankheit hätte, von der ich noch nicht wüsste, ob sie lebensbedrohend ist oder nicht. Die Befunde stünden noch aus, aber die Ärzte hätten Verdachtsmomente geäußert, mir nochmals Blut abgenommen, darauf bestanden, mich nochmals in eine dieser Röhren zu schieben. Würde ich da einschlafen können? Oder ich hätte den Befund schon, mit einem Todesurteil. Würde ich da einschlafen wollen? Was würde ich da denken? Was würde ich da fühlen? Und ich lag im Bett und probierte zu denken, was ich dann denken würde. Ich wälzte mich herum und versuchte zu fühlen, was ich dann fühlen würde. Diese Vorstellung, die Zeit bis zum Einschlafen mit Gedanken an meinen baldigen Tod zubringen zu müssen, sagte Kagraner, zu wissen, ich schlafe ein, nicht, um in ein paar Monaten meinen Urlaub antreten zu können, sondern um in ein paar Wochen meinen Tod antreten zu können! Ist das nicht grauenhaft? Ist das nicht unvorstellbar? Und doch hab ich versucht, es mir vorzustellen. Als ob ich mich so auf diesen Moment vorbereiten könnte, sagte Kagraner, ihn vorweg mildern, ihn womöglich vorweg ungeschehen machen. Aber es war mir unmöglich, ihn mir vorzustellen. Vielmehr überfiel mich die Angst, dieser Moment könnte jeden Augenblick eintreten, sagte Kagraner, unvermittelt hereinbrechen, mich vollkommen unvorbereitet treffen, vielleicht heute schon, vielleicht morgen, aus heiterem Himmel, aufgrund eines Schwächeanfalls beim Abendessen, einer plötzlich auftretenden Atemnot, eines Stechens in der Brust, einer Sehstörung, man weiß ja nie, Sie wissen, sagte Kagraner, in unserem Alter ist alles möglich. Und mir ist der Schweiß ausgebrochen, sagte er, wie noch nie!, stundenlang bin ich wach gelegen. Kennen Sie das? Ist Ihnen das auch schon passiert? Nein, sagte ich, nicht dass ich wüsste. Sie Glücklicher!, sagte er. Aber das ist nicht alles. Gestern Nacht zum Beispiel, sagte er, nicht dass ich nicht hab einschlafen können, ich hab nicht einschlafen wollen!

Ich hab mich geweigert, mit allen mir zur Verfügung stehenden Mitteln, meiner Müdigkeit auch nur einen Millimeter nachzugeben und einzuschlafen. Das kenne ich, sagte ich. Das kennen Sie?, sagte Kagraner. Für mich ist das neu. Nie hab ich mich dagegen gewehrt einzuschlafen, sagte er. Im Gegenteil. Ohne viel Aufhebens und mit Freude hab ich mich hingelegt und bin eingeschlafen. Es war wie Essen und Trinken. Aber auf einmal, und das ist das Erschreckende, sagte Kagraner, ist es überhaupt nicht mehr wie Essen und Trinken. Auf einmal kommt mir das Einschlafen vor wie eine einzige Bosheit mir gegenüber, eine Unart, eine üble Gewohnheit, die ich mir nicht abgewöhnen kann, die ich mir aber endlich abgewöhnen sollte, sagte er, angesichts der wenigen Zeit, die ich noch habe. Als ob ich es mir leisten könnte, fünf Stunden, denn Sie müssen wissen, ich schlafe nur mehr fünf Stunden, ich habe mich auf fünf Stunden heruntertrainiert!, auf mein Leben zu verzichten, mich vom Leben einfach zu absentieren und mich unter einer Decke zu vergraben. Und Sie werden sehen, sagte er und schlug auf den Tisch, ich werde mich noch auf sage und schreibe drei Stunden hinuntertrainieren! Das werden Sie schaffen?, sagte ich. Muss ich, sagte Kagraner, um wenigstens einigermaßen beruhigt einschlafen zu können. Aber gestern sind Sie schon eingeschlafen, sagte ich, trotz Ihrer Weigerung, oder? Natürlich, sagte Kagraner, aber unter Protest!

Die Geschichte vom nördlichen Waldviertel

Letzten Sonntag war ich im nördlichen Waldviertel, sagte Kagraner, einen Freund besuchen. Und, sagte ich, schönes Wetter? Sehr schönes Wetter, sagte Kagraner. Aber ich bin erst am Abend gefahren, ein wunderschöner Sonnenuntergang und, was mich schon während meines dreizehnjährigen Landaufenthalts verblüfft hat, sagte Kagraner, kein Mensch zu sehen. Niemand auf der Straße, ab und zu ein Auto, niemand in den Dörfern, niemand in den Gärten und Höfen, kaum Licht in den Fenstern. Wo sind die Menschen, denk ich mir, sagte Kagraner. Wieso sind auf dem Land abends nie Menschen zu sehen. Wieso sitzen sie nicht auf dem Dorfplatz. Wieso schaut niemand aus dem Fenster. Wieso sind die Fenster überhaupt gar nicht offen. Ein wunderschöner Abend, sicher einer der letzten in diesem Sommer, sagte Kagraner, und kein Fenster offen, alle zu. Kein Mensch in einem Liegestuhl unter den Bäumen, der eine Zigarette raucht. Niemand auf einer Bank vorm Haus. Verstehen Sie das?, sagte Kagraner. Nein, sagte ich. Gut, sagte er, das nördliche Waldviertel ist nicht sehr bevölkert. Was heißt nördliches Waldviertel, sagte ich, was heißt nicht sehr bevölkert! Mein Bruder lebt in einer Kleinstadt im Westen, sagte ich, sein Haus liegt inmitten einer Siedlung, und auch dort sind bei Einbruch der Dunkelheit die umliegenden Gärten schlagartig wie ausgestorben. Da kann der Abend noch so schön sein, die Luft noch so lau, die Gärten sind leer. Niemand grillt, niemand sitzt auf den Terrassen, nirgendwo eine kleine Gesellschaft, niemand liest die Zeitung im Freien, keine offenen Verandatüren, keine offenen Fenster, durch die ein menschlicher Laut ins Freie dringen könnte. Woran liegt das?, fragte Kagraner. Nichts Schöneres, und das habe ich trotz allem auf dem Lande immer genossen, sagte er, als am Abend im Garten sitzen und ein Glas Wein trinken, die endlich kühlere Luft genießen. Ich weiß es auch nicht, sagte ich. Vielleicht sind die Stadtmenschen wie wir immer froh, aus den Häusern in die Natur zu kommen, und die Landmenschen immer froh, aus der Natur endlich in ihre Häuser zu kommen. Und das dürfen sie erst am Abend, wenn die Arbeit getan ist, wenn schon nicht die Feldarbeit, dann die Gartenarbeit. Meinen Sie?, sagte Kagraner. Aber vielleicht dürfen sie am Abend auch nicht mehr hinaus. Wieso nicht mehr hinausdürfen?, sagte ich. Das fragen Sie mich?, sagte Kagraner. Sie haben ja einen Bruder in einer solchen Gegend!

Die Geschichte vom Altwerden

Ich weiß nicht, sagte Kagraner, irgendwie geht es mir hundsmiserabel. Wie das, sagte ich, schlecht geschlafen? Nein, sagte er, ich fühle mich alt werden. Was, sagte ich, jetzt schon? Fehlt Ihnen was? Mir fehlt überhaupt nichts, sagte er, aber sehen Sie, ein guter Bekannter in meinem Alter ist während seines Urlaubs mit Gehirnschlag eingeliefert worden. Er zieht jetzt ein Bein nach und kann seinen linken Arm nicht bewegen. Eine Frau, die ich gut kenne, ist an Krebs gestorben, zwei Jahre älter als ich. Eine andere ist ebenfalls an Krebs gestorben, drei Jahre jünger als ich. Gut, sagte er, mein Bekannter hatte Zucker und einen stressigen Beruf, und die Frauen haben viel geraucht. Aber von anderen Frauen in meinem Alter, die ich gut kenne und die nicht geraucht haben, hat die eine Hautkrebs, die zweite Kehlkopfkrebs, der angeblich unter Kontrolle ist, und die dritte Brustkrebs, meinen die Ärzte und wollen ihr die Brüste wegoperieren. Eine alte Freundin, mit der ich einmal, vor langer Zeit, ein Verhältnis hatte, traf ich unlängst, aufgedunsen von Cortison. Sie hat schwere Rheumaanfälle und kommt morgens kaum aus dem Bett. Mein Schwager, vier Jahre älter als ich, ist seit vier Jahren in Frühpension, sitzt in seinem Garten herum und ist stolz auf seinen biologischen Knoblauch. Meine Schwester, sechs Jahre jünger als ich, wehrt sich nicht nur dagegen, einen Computer bedienen zu lernen, was sie in ihrem Beruf durchaus noch brauchen könnte, sondern auch dagegen, zwischen Soft- und Hardware unterscheiden zu können. Dafür redet sie ständig von ihrer Pensionierung. Mein Schwager redet dafür ständig von seinen Krankheiten, und wenn er keine aktuellen hat, so über seine vergangenen oder über die, die demnächst mit Sicherheit ausbrechen werden. Ein Studienkollege von mir ist an Leberzirrhose gestorben, und ein guter Bekannter, fünf Jahre jünger als ich, ist nach einer Sauftour über eine Treppe gefallen, nach Haus gebracht worden und in der Nacht verstorben. Einem anderen Bekannten ist, wie ich gestern gehört habe, ein Stück Darm entfernt worden. Er ist gleich alt wie ich. Neulich treffe ich einen ehemaligen Freund, den ich schon seit Jahren nicht gesehen habe, der sofort auf dieselbe Art von der Unterdrückung des Proletariats redet, wie wir vor dreißig Jahren von der Unterdrückung des Proletariats geredet haben. Die einen in meinem Alter reden, wie ich noch nicht rede, die anderen, wie ich schon lang nicht mehr rede. Und der Rest ist überhaupt schon gestorben oder nahe daran, es zu sein. Und da soll es mir nicht hundsmiserabel gehen, sagte Kagraner, wenn es mir gut geht?

Die Geschichte vom Eisverkäufer

Stellen Sie sich vor, sagte Kagraner und deutete auf die Zeitung, die er aufgeschlagen vor sich liegen hatte, der Eisverkäufer meiner Kindheit ist gestorben. Sie hatten einen eigenen Eisverkäufer?, fragte ich. Natürlich, sagte Kagraner. Ich kannte ihn, da war sein Geschäft noch ganz klein, so groß wie ein Zimmer, und er und seine Frau standen hinter der Theke. Jeder Badetag endete dort. Und ich war fast täglich baden. Ich sehe ihn noch heute vor mir, sagte Kagraner. Ein großer freundlicher Mann, mit einer weißen Schürze und mit einer weißen runden Mütze auf dem Kopf. Am letzten Tag im Herbst, bevor er das Geschäft für den Winter schloss, sagte Kagraner, verteilte er Eis gratis, und wir standen Schlange. Dann sind wir aus der Gegend weggezogen, sagte er. Ich las gelegentlich in der Zeitung von ihm. Sein Eis galt als das beste der Stadt. Er hatte sich vorgenommen, jedes Jahr eine neue Eissorte zu kreieren. Seine berühmteste Erfindung, sagte Kagraner, die dann auch überall erhältlich war und die Sie sicher auch schon gegessen haben, waren seine Eismarillenknödel. Natürlich!, sagte ich. Das war Ihr Eisverkäufer? Ja, sagte Kagraner. Einmal noch, viel später, kam ich in diese Gegend und war erstaunt über die Größe des Geschäfts. Er hatte die benachbarten Parterrewohnungen, wo in meiner Kindheit immer ältere Frauen am Fenster gelehnt hatten und uns beim Eisessen zugeschaut, nach ihrem Tod dazugemietet, die Mauern niedergerissen und damit das Geschäft erweitert. Und vor dem Geschäft gab es eine große Terrasse mit vollbesetzten Tischen. Damals hatte ich ihn auch das letzte Mal gesehen, sagte Kagraner. Aber er stand nicht mehr hinter der Theke und arbeitete. Er überwachte im Nebenraum die Eisproduktion. Hinter der Theke standen eine Menge junger Frauen und arbeiteten. Und eine Menge junger Frauen liefen zwischen den Tischen herum und servierten. Ich versuchte einen Platz zu finden. Fand aber keinen. Konnte mir auch an der Theke kein Eis kaufen, sagte Kagraner, der Andrang war zu groß und meine Zeit zu knapp. So habe ich unverrichteter Dinge das Feld räumen müssen, sagte er. Haben Sie ihn wenigstens begrüßt?, fragte ich. Wo denken Sie hin, sagte Kagraner, wie sollte er sich an mich erinnern können? Vielleicht doch, sagte ich. Sicher nicht, sagte Kagraner und legte die Zeitung weg. Sehen Sie, sagte er, er war der Mann mit dem berühmtesten Eis der Stadt. Und ich habe es gegessen, als es noch nicht berühmt war. Das reicht doch, oder?

Die Geschichte vom Eisverkäufer war die letzte, an die ich mich erinnerte. Ich hatte in den letzten Wochen nicht viel Zeit für Kagraner, ich traf ihn selten. Ich war gedanklich wie zeitlich stark von der Fußball-Weltmeisterschaft in Anspruch genommen, mit den Vorbereitungen darauf, ich kaufte mir einen neuen Fernsehapparat sowie einen neuen DVD-Player und studierte eingehend Vorberichte und Spielerporträts in den einschlägigen Zeitschriften, und dann mit den Spielen selbst. Abgesehen von den Premier-League-Spielen, die in dieser Zeit laufend stattfanden. Auch wurden Kagraners Geschichten, und es fällt mir nicht leicht, dies anmerken zu müssen, immer uninteressanter, oft auch unverständlich und nicht selten auf eine schwer zu erduldende Weise larmoyant und geschwätzig. Er suhlte sich richtiggehend in seinen Hypochondrien, in seiner Einsamkeit und in seinen, wie mir schien, immer häufiger auftretenden depressiven Stimmungen. Sodass ich die meisten seiner Geschichten, die zum Teil gar keine Geschichten mehr waren, sondern nur noch ein Auskotzen, nicht nur sofort wieder vergaß, sondern auch jede Lust verlor, abgesehen von meiner, aus obigen Gründen, eng bemessenen Zeit, Kommentare zu verfassen. Und sicher würde ich auch das nächste Treffen abgesagt haben, hätte er nicht angekündigt, mir von einer besonders skurrilen Begegnung zu berichten. Ich war gespannt.

Die Geschichte vom alten Bekannten und seiner Frau

Neulich traf ich einen alten Bekannten, sagte Kagraner. Wir waren kurze Zeit gemeinsam in derselben Firma beschäftigt gewesen und hatten uns ein wenig angefreundet. Ich erinnerte mich auch sofort daran, dass er damals ein von ihm streng geheim gehaltenes Verhältnis zu einer seiner Mitarbeiterinnen unterhalten hatte, einer Sachbearbeiterin, die ihm unterstellt war und die ihn sehr bewunderte. Und geheim gehalten deswegen, sagte Kagraner, weil Liebesverhältnisse zwischen Firmenangestellten nicht eigentlich verboten, aber doch verpönt waren, noch dazu in derselben Abteilung. Und mein Bekannter wusste, das hätte sie, wäre die Affäre aufgeflogen, ziemlich ins Gerede gebracht und vor allem personelle Entscheidungen von ihm in ein schiefes Licht gerückt. Mir hatte er sich eines Abends beim Bier anvertraut und mich beschworen, ja kein Wort verlauten zu lassen. Woran ich mich selbstverständlich hielt. Sodass er mir, als er sich sicher war, mir vertrauen zu können, weitere Details seiner Beziehung verriet. Beispielsweise, dass seine Freundin sexuelle Leidenschaften entwickeln konnte, die er in seinem bisherigen Leben, mit seinen bisherigen Frauen, er war dreimal geschieden, noch nie erfahren hatte. Und er machte auch, zumindest auf mich, sagte Kagraner, von einem Tag auf den anderen einen überaus glücklichen und zufriedenen Eindruck. Dann verließ ich die Firma und verlor ihn aus den Augen. Umso erfreuter war ich, sagte Kagraner, als ich ihn nun plötzlich vor mir sah. Ich lud ihn sofort zu einem Kaffee ein, und nach einigem Zögern nahm er auch an. Ich fragte ihn, wie es ihm gehe, was er treibe, aber vor allem interessierte mich, wie die Sache mit seiner Freundin von damals, der Name war mir entfallen, weitergegangen war. Er rückte nicht gleich mit der Sprache heraus, sagte Kagraner, was mich noch neugieriger machte. Aber dann, wir waren nach dem Kaffee zum Biertrinken übergegangen und hatten schon einige Biere getrunken, sagte er, dass er bei ihr wohne. Du wohnst bei ihr?, sagte ich. Ihr seid also zusammengeblieben? Ja, sagte er, ich wohne bei Dagmar. Und ich erfuhr, dass sie ihn am Tag seiner Pensionierung gefragt hatte, ob er nicht zu ihr ziehen wolle. Sie war ebenso geschieden gewesen und der Sohn längst aus dem Haus, und nach kurzer Überlegung hatte er eingewilligt. Denn das tägliche Hin- und Herfahren zwischen seiner und Dagmars Wohnung sei ihm, wie er sagte, dann doch zu mühselig geworden und letztlich auch unsinnig erschienen. Und, sagte ich, sagte Kagraner, es geht euch gut? Nicht wirklich, sagte mein Bekannter. Er sei in Pension und habe nichts zu tun, und Dagmar, um einiges jünger, sei immer noch berufstätig und erwarte, wenn sie abends heimkomme, dass er da sei und gekocht habe. Und sie vertrage es nicht, selbst wenn sie Arbeit mit nach Hause nehme, und sie nehme häufig Arbeit mit nach Haus, und am Computer sitze, dass er nicht auch im selben Zimmer sitze und sich still beschäftige und jederzeit für Fragen und für Dienstleistungen, einmal wolle sie ein Glas Wasser, einmal, dass er ihr die Papiere sortiere, zur Verfügung stehe. Unmöglich, dass ich im Nebenzimmer sitze und fernsehe, sagte er. Unmöglich, dass ich im Schlafzimmer liege und lese. In der Firma sei er ihr Vorgesetzter gewesen. Jetzt sei sie die Vorgesetzte, jetzt müsse er ihre Forderungen erfüllen. Was er ja auch eine Zeit lang, er sei ja im Ruhestand und habe weiter nichts zu tun, gern getan habe. Was aber inzwischen Ausmaße angenommen habe, die einer Leibeigenschaft, einem Terror gleichkämen. Wobei ich nicht sicher bin, sagte Kagraner, ob er die Worte Leibeigenschaft und Terror auch wirklich in den Mund genommen hat. Aber er könne sich nicht mehr frei bewegen, das hat er gesagt, sagte Kagraner, und er hat es öfter gesagt an diesem Nachmittag. Immer sei sie hinter ihm her und bestimme, wo er sich aufzuhalten habe, worauf er zu achten habe, was er einkaufen müsse. Und nicht nur das, sagte er. Es sei ihm unmöglich, allein wegzugehen. Allein ins Kino, während sie sowieso zu arbeiten habe, unmöglich. Freunde zu treffen, die sie nicht kenne, weswegen es auch nicht unbedingt sinnvoll sei, dass sie mitkomme, wie mein Bekannter meinte, vollkommen unmöglich. Allein zum Geburtstagsfest seines besten Freundes zu gehen, der unlängst sechzig geworden sei, ebenso vollkommen unmöglich. Was natürlich einen nicht wiedergutzumachenden Affront seinem Freund gegenüber bedeutet hätte. Du bist also doch gegangen?, fragte ich, sagte Kagraner. Nein, natürlich nicht, er sei nicht gegangen, er habe angerufen und eine schwere Erkältung vorgetäuscht. Denn wenn Dagmar nicht könne, habe er auch nicht zu können. Und du bist außerstande, sagte ich, sagte Kagraner, dich zur Wehr zu setzen? Nur um den Preis eines erdbebenartigen Streits sei ihm das möglich, und er sagte wirklich, sagte Kagraner, eines erdbebenartigen Streits!, mit anschließenden tagelangen Beschimpfungen, sarkastischen Bemerkungen und einer Kälte, die ihn, wie er sich ausdrückte, sagte Kagraner, an die Grenze seiner Belastbarkeit bringe. Aber du hast doch noch deine Wohnung, sagte ich, sagte Kagraner, oder? In die ziehe er sich auch gelegentlich zurück, um sich hinzulegen, Musik zu hören, um sich zu beruhigen. Was aber auch nur für kurz möglich sei und nur zu bestimmten Stunden. Denn sie rufe ständig an, bestehe darauf, genauestens zu erfahren, wo er sei, was er tue, ob er auch rechtzeitig daheim sei, ob er schon das und jenes eingekauft habe. Und wehe, sie komme früher heim als üblich, und er sei nicht da. Und in diesem Moment, sagte Kagraner, läutete auch das Handy meines Bekannten. Und wie von einer Tarantel gestochen sei er aufgesprungen, das hätten Sie sehen müssen, sagte Kagraner, und habe in seinen Taschen gestöbert, um sein Handy zu finden. Und natürlich, es war Dagmar. Und es war grotesk, sagte Kagraner, mitanzuhören, welche Lügen er erfand, um Dagmar zu beruhigen. Er sei ohnehin auf dem Weg, die U-Bahn habe eine Panne, er habe in dem einen Geschäft nicht das bekommen, was sie benötige, und daher ein anderes aufsuchen müssen. Denn es sei unmöglich, sagte er anschließend, sagte Kagraner, Dagmar zu sagen, dass er ihn, einen alten Bekannten, den auch sie kenne, getroffen habe. Sie würde ihm Vorwürfe machen, warum er sie nicht gleich angerufen habe, Kagraner sei doch auch für sie ein alter Bekannter, auch sie würde Kagraner gern wiedersehen, und tatsächlich würde sie sich umgehend auf den Weg gemacht haben, und sogar jetzt, wüsste sie, dass er noch immer mit ihm beisammen sei, würde sie sofort ein Taxi rufen, um herzukommen. Das sagte er schon an der Tür, sagte Kagraner, nachdem er verzweifelt nach dem Kellner gerufen hatte, der sich aber nicht blicken ließ, sodass ich ihm anbot, auch seine Zeche zu übernehmen, was er dankbar annahm. Gern hätte ich ihn noch nach Dagmars sexueller Leidenschaft gefragt, von der er damals so begeistert gewesen war, sagte Kagraner, aber leider, zu spät. Hastig hatte er mir schon die Hand gedrückt, mir in die Augen gesehen und weg war er. Unglaublich, sagte ich. Ja, sagte Kagraner, wenn ich es nicht mit eigenen Augen gesehen hätte und mit eigenen Ohren gehört, ich würde es auch nicht glauben, so wie ich den Mann gekannt habe, sagte er, vernünftig, gebildet, selbstbewusst. Aber das Interessanteste daran ist, sagte Kagraner, dass ich mich just zu diesem Zeitpunkt ebenfalls mit der Frage beschäftigte, ob ich dem mehrmals vorgebrachten Wunsch einer Dame, der ich nun schon eine Weile verbunden bin, meine Wohnung aufzugeben und zu ihr zu ziehen, nicht doch endlich entsprechen sollte. Sie bewohnt allein am Rande der Stadt ein schönes und geräumiges Haus mit einem Garten, den ich sehr liebe. Oh!, sagte ich. Ja, sagte Kagraner, diese Dame ist sicher von einer ganz anderen Art und ich bin es auch. Aber trotzdem, sagte er, unter dem Eindruck dieser denkwürdigen Begegnung verspüre ich nun doch eine gewisse Neigung, dies vorläufig bleiben zu lassen. Was meinen Sie?

Nach dem, wie mir Kagraner heute die Geschichte von seinem alten Bekannten erzählt hatte, mit viel Witz und Verve, und angesichts der Dame, von der er mir bis jetzt nichts erzählt hatte und zu der er eventuell ziehen wollte, neigte ich doch zur Annahme, um Kagraner stehe es vielleicht gar nicht so ernst, wie befürchtet. Noch dazu meinte er, wie um meine Annahme zu bestätigen, am Ende unseres Treffens, er war schon beim Ausgang, blieb kurz stehen, überlegte und kam noch einmal zurück, ich hätte sicher bemerkt, dass er in den letzten Wochen eine schlimme, ja, niederschmetternde, man könnte durchaus sagen: lebensbedrohende Zeit durchlebt hatte. Aber nun sei Schluss damit. Derartige Phasen bei anderen und vor allem die Erzählungen darüber habe er immer schon als unerträglich empfunden. Es sei schwer, schwerer als gedacht, aber er sei fest entschlossen, und ich und meine Geduld und Bereitschaft, mir sein Gejammer über Wochen hin anzuhören, hätten ihm dabei sehr geholfen, seinen Zuständen, vor allem aber seiner Tatenlosigkeit, soweit es ihm eben möglich sei, ein rigoroses Ende zu setzen. Veränderungen von weitreichender Art stünden bevor. Genaueres könne er mir noch nicht verraten. Aber er werde mich sicher, schon aus Dankbarkeit, sagte er, ehe er mich ungewohnt frohen Mutes verließ, rechtzeitig in Kenntnis setzen. Worte, die mich erfreuten, aber doch ziemlich ratlos zurückließen. Was hatte er vor?

Die Geschichte über das Laufen im Wald

Unlängst war ich in den Praterauen joggen, sagte Kagraner. Sie joggen?, sagte ich und bemühte mich, meine Verblüffung nicht zu deutlich zu zeigen. Natürlich, sagte er, seit meiner Scheidung. Und das täglich?, fragte ich. Nein, nein, sagte er. Aber es war der schöne, sonnige Tag nach der grässlichen Schwüle letzten Freitag, Sie erinnern sich, und ich hatte große Lust hinauszugehen, mich zu bewegen, zu laufen. Verstehe ich gut, sagte ich. Trotzdem tat ich mich schwer anfangs, sagte er. Ich war die Nacht zuvor zu lange unterwegs gewesen, zuerst essen mit meiner Tochter, sie war nur kurz in Wien, sie lebt in Manchester, und dann allein in einer Bar, ich weiß nicht mehr, in welcher. Und es war spät, als ich heimtorkelte. Sie torkelten?, sagte ich. Ja, sagte Kagraner und lachte, ich torkelte ein wenig. Jedenfalls, nach zehn Minuten war die Müdigkeit weg, sagte er, und ich lief, locker, leicht und mit dem Gefühl, ewig laufen zu können. Kennen Sie das? Nein, sagte ich, eigentlich nicht. Sie sollten es probieren, sagte er, ein unvergleichliches Gefühl, dieses Gefühl, ewig laufen zu können. Und dann geschah etwas Seltsames, sagte er. Plötzlich stand ich auf einer Wiese, die ich nicht kannte, zumindest schien es mir so, machte meine üblichen Übungen, Rumpfkreisen, zu den Zehen wippen, ein paar Kniebeugen, spürte den Wind, atmete tief ein und aus, sah den blauen Himmel, roch das Gras und fühlte mich wohl. Und auf einmal dachte ich, sagte Kagraner, und ich bitte Sie, mich nicht auszulachen: Ist es das, was man früher Einssein mit der Natur genannt hat? Einssein mit der Natur?, sagte ich. Was weiß ich, sagte Kagraner, es war nur ein ganz besonderes Wohlbefinden, eine helle Freude, die zugleich eine helle Freude darüber war, dass der Himmel so blau war und die Bäume so grün und das Gras so gut roch, verstehen Sie. Alles war auf einmal leicht und selbstverständlich und weit und offen und luftig. Das heißt, Sie sind gesund, sagte ich. Das hoffe ich, sagte Kagraner. Aber dann dachte ich: Fühlt man sich so, wenn man tot ist? Wie kommen Sie denn darauf, sagte ich, mitten im Grünen? Ich weiß es nicht, sagte Kagraner. Vielleicht weil der Körper plötzlich weg war, sagte er, verstehen Sie. Nur Bäume und Himmel, Gras und Erde. Sie meinen, sagte ich, nach dem Leben fühlt man sich wie nach dem Laufen im Wald? Schlecht?, sagte Kagraner.

Die Geschichte über das Rauchen einer Zigarre in Irland

Ich möchte gern, sagte Kagraner, dass mein Sohn, wenn er später einmal gefragt wird: Was ist Ihre früheste Erinnerung an Ihren Vater?, sagt: Die früheste Erinnerung an meinen Vater ist, dass er geraucht hat. Dass Sie geraucht haben?, sagte ich. Ausgerechnet, dass Sie geraucht haben? Ja, sagte Kagraner, das würde mich glücklich machen. Dass er sagt: Ich erinnere mich, ein offenes Kaminfeuer hat gebrannt, mein Vater hat Holz nachgelegt, sich anschließend durch das dunkle Zimmer bewegt und sich neben einer schwach leuchtenden Tischlampe in einen Fauteuil gesetzt, ich sehe sie heute noch vor mir, wird mein Sohn sagen, es war eine sehr schwach leuchtende Tischlampe mit einem Schirm, unter dem Bücher und Papiere gelegen sind, und dann hat er mich angelächelt, die Zigarre mit den Zähnen festgehalten und sie angezündet, mit einem Streichholz, das ich hinterher habe ausblasen dürfen. Dass er sagt: Ich stand zwischen seinen Knien, ich muss ungefähr drei Jahre alt gewesen sein, und sah hinauf, wie der Rauch langsam aus seiner Nase kam, was mir sehr gefiel. Sodass ich sagte: Noch einmal, worauf er noch einmal an der Zigarre zog und ihm erneut der Rauch aus der Nase kam, der im dunklen Zimmer, es brannte nur das Feuer und diese sehr schwach leuchtende Tischlampe, langsam aufstieg. Und ich sagte wieder: Noch einmal, und erneut kam Rauch aus seiner Nase. Und ich könnte nicht sagen, wird mein Sohn sagen, sagte Kagraner, warum ich es immer wieder gesagt habe. War es sein Gesicht, das dabei so zufrieden aussah, war es der Rauch, das Fremde, das aus seiner Nase kam, was mich begeisterte, oder beides zusammen. Und ich erinnere mich auch, möchte ich, dass man Sohn sagt, sagte Kagraner, dass eine ruhige, wohlige Stimmung geherrscht hat – das zufriedene Gesicht meines Vaters, ich zwischen seinen Knien, das Feuer im Hintergrund, das wenige Licht, die Dunkelheit in den Ecken, die Musik, es hat immer Musik gespielt. Und wo, wenn ich fragen darf, sagte ich, während Kagraner eine Minute aus dem Fenster sah und schwieg, soll das gewesen sein, das offene Feuer? In einer Berghütte? Genau das wird man meinen Sohn auch fragen, denke ich, sagte Kagraner, und mein Sohn wird sagen: In Irland. In Irland?, fragte ich. Stimmt das? In Irland? Ja, sagte Kagraner, es war in Irland. Und mein Sohn wird auch sagen, es war in Irland. Er wird sagen: Ich weiß es von meiner Mutter. Sie hat mit meinem Vater, mit meiner Schwester und mir, meine Schwester dürfte damals noch kein Jahr alt gewesen sein, eine längere Zeit in Dublin verbracht. Und, wird man ihn fragen, erinnern Sie sich noch an irgendetwas in Dublin? Sagte ich schon, wird mein Sohn sagen, an meinen Vater, wie er vom Kamin aufgestanden ist, er hat Holz nachgelegt und das Feuer hat heftig zu lodern begonnen, wie er durch den dunklen Raum gegangen ist, sich hingesetzt hat und mich zwischen seine Knie genommen, wie ich hinaufgesehen habe und den Zigarrenrauch aus der Nase meines mich zufrieden anlächelnden Vaters habe aufsteigen sehen, immer wieder und immer wieder, dieses zufrieden mich anlächelnde Gesicht meines Vaters und der Rauch der Zigarre aus seiner Nase. Das will ich, sagte Kagraner, dass mein Sohn später sagt, und nahm die erkaltete Zigarre wieder auf, die er im Aschenbecher neben der leeren Kaffeetasse abgelegt hatte.

Die Geschichte vom wunderschönen Lied der Amy Winehouse

Verzeihung, ich bin zu spät, sagte Kagraner, etwas außer Atem, als er an den Tisch trat, aber ich war im Supermarkt. Verstehe, sagte ich. Nein, nein, sagte Kagraner, kein Stau an der Kassa, auch sonst keine Behinderungen. Aber ich stehe vor dem Tiefkühlgemüse und überlege, auf welches Gemüse ich heute Abend Appetit haben könnte, und war gerade dabei, mich für den Spinat zu entscheiden, denn Sie wissen ja, ich esse gern Spinat. Oh, ja, sagte ich. Mit Spiegelei, sagte er, nur mit Spiegelei. Nicht mit Rindfleisch?, fragte ich. Nein, sagte Kagraner, kein Rindfleisch. Nur Spiegelei. Genau wie Sie, sagte er, wenn ich mich richtig erinnere. Und ich denke gerade, hab ich Eier zu Hause für ein Spiegelei oder muss ich noch einmal zurück zu dem entsprechenden Regal und Eier kaufen, da höre ich plötzlich aus dem Lautsprecher, sagte er, das wunderschöne Lied von Amy Winehouse. Kennen Sie Amy Winehouse? Winehouse?, sagte ich. Ja, sagte er, Amy Winehouse. Nein, sagte ich. Eine Sängerin, die vor Jahren, egal, sagte Kagraner. Jedenfalls höre ich dieses Lied. Aber nicht nur das höre ich, sagte er, sondern auch eine Männerstimme, die leise mitsingt. Ich drehe mich um, und da sehe ich zwischen den Regalen einen jungen Mann stehen und vor ihm eine junge Frau, und er singt ihr dieses Lied vor. Sie müssen sich vorstellen, sagte Kagraner, sie steht mit dem Rücken zu den Gurken- und Pfefferonigläsern, er zu den Spaghetti- und Cannellonipackungen, und er hat auch etwas in der Hand, sagte Kagraner, einen Joghurtbecher oder eine Milchpackung, und singt, und da begann auch Kagraner zu singen: *We only said goodbye with words I died a hundred times / You go back to her / And I go back to us / I love you much / It's not enough / You love blow / And I love puff.* Und ich konnte meinen Blick nicht abwenden von diesem Bild, sagte Kagraner, können Sie sich das vorstellen? Ein junger Mann und eine junge Frau stehen da, mitten im Supermarkt, ohne sich zu berühren, er sieht ihr in die Augen, sie sieht ihm in die Augen, und er singt dieses Lied, ganz leise, ganz hingegeben: *We only said goodbye with words I died a hundred times.* Unwillkürlich musste ich lächeln, sagte Kagraner. Und da entdeckten sie mich und lächelten zurück, ohne dass der junge Mann zu singen aufgehört hätte. Und so standen wir uns eine Weile gegenüber, sagte Kagraner, verstehen Sie, eine etwas groteske Situation, ich mit meinem Tiefkühlspinat in den Händen, er singend mit seinem Joghurtbecher, und wir lächelten und lächelten. Ehe er sich wieder abwandte und der jungen Frau zu und weitersang, und ich zur Kassa ging und das Lied nur mehr über den Lautsprecher hörte. Und mir kam vor, sagte Kagraner, dass ich, als ich den Supermarkt verließ, immer noch lächelte. Aber ich denke, und hoffe, sagte er, dass das nicht wirklich der Fall gewesen ist. Und trotzdem kommt es mir vor, sagte er, als würde ich immer noch lächeln und den ganzen restlichen Tag weiterlächeln müssen. Dabei bin ich überzeugt, sagte Kagraner, ich lächle nicht, oder? Doch, sagte ich, Sie lächeln. Sie haben die ganze Zeit über gelächelt. Wirklich?, sagte Kagraner und lächelte.

Die Geschichte vom Meer

Aber zwei Sachen wollte ich Ihnen noch sagen zum Meer, sagte Kagraner. Er stand auf, nahm seinen Hut und ging vor mir her zum Ausgang. Und die wären?, sagte ich. Das Mondlicht, sagte er und blieb abrupt stehen, sodass ich fast auf ihn auflief. Das Mondlicht auf dem Wasser, sagte Kagraner, und die Straße, die es bildet. Kennen Sie die? Eine Straße, die auf den Horizont zu immer schmäler wird, ohne festen Rand, mit Engen, Ausfransungen, Querrinnen, Krümmungen, mit Übergängen zu dunkleren Flächen dazwischen, auch mit Unterbrechungen, schwarzen Stellen aufgrund von Ursachen, die ich nicht kenne. Gelegentlich flimmert sie stärker, wenn ein Schiff vorüberfährt und einen stärkeren Wellengang verursacht, und damit deutlich macht, es ist keine Straße, sondern eben Wasser mit plötzlichen Wellen und Spritzern und Abgründen. Und trotzdem, sagte Kagraner, während uns der Kellner bat, ein wenig zur Seite zu treten, um ihn vorbeizulassen, spiegelt sie mir vor: Ich bin sehr wohl eine Straße. Ich führe hinaus. Ich eröffne vom festen, mitunter allzu festen Boden unter den Füßen weg Möglichkeiten. Und fordert mich auf: Komm und betritt mich, gehe auf mir, ich bin breit genug und hell. Und wissen Sie, sagte Kagraner, fast jede Nacht sitze ich bis in die Morgenstunden auf der Terrasse und betrachte sie und male mir aus, wie ich diese Straße gehen würde, die ich nie gehen kann, und die, sie beteuert es mir geradezu, kein Ende nimmt. Verstehen Sie?, sagte Kagraner und hielt mich fest, gerade als ich einen Schritt auf die Tür zu machen wollte, um sie zu öffnen. Und dann die Wellen, sagte er. Kennen Sie die Wellen? Natürlich, sagte ich. Kennen Sie das Schlagen der Wellen am Abend? Wo sie meist stürmischer sind und schäumender, aufschäumender, mit dieser Zuspitzung im Aufschäumen, bei der ich nie genau weiß, wann die Spitze erreicht ist. Ich höre, ich sehe genau hin, um es zu erraten, aber ich errate es nie. Verstehen Sie?, sagte er. Aber dann gibt es auch die kleineren Wellen, vor allem am frühen Morgen, wenn das Wasser ganz leicht gegen den Sand klatscht, sich die Wellen kaum überschlagen, sodass sie aufschäumen, sondern sich dem Ufer sanft nähern in Form von kleinen, schwingenden Hügeln, die nur mit der einen, vorderen Seite nahezu lautlos und wie nebenbei vor sich hin auf den Sand fallen. Kennen Sie diese Wellen am Morgen?, sagte er. Ganz leicht schlagen sie auf und rollen zurück. Eigentlich rollen sie nicht, sagte er, sie gleiten. Sie gleiten zurück, um sich zum nächsten behutsamen Aufschlag fertig zu machen. Eigentlich auch nicht *Aufschlag*, sagte Kagraner, es ist kein *Aufschlag*, sondern eher ein dünnes Anpatschen, Aufschmatzen, verstehen Sie, ein kleines, übermütiges Sich-Hinwerfen. Dabei sitzen und zuhören, sagte er, das ist Ruhe. Oder darin schwimmen, ohne sich viel zu bewegen, sich möglichst gar nicht bewegen, wie um dieses ruhige, flache Wasser am Morgen noch zu bestärken in seiner Ruhe und Flachheit und womöglich eine noch größere Ruhe und Flachheit des Wassers und somit in sich selbst zu erzeugen, kennen Sie das? Das allein kann nur das Meer, sagte er, verstehen Sie? Wir traten ins Freie. Es wird bald Schnee geben, sagte er und sah zum Himmel. Was, sagte ich, jetzt, Anfang September? Warum nicht?, sagte er. Wir verabschiedeten uns. Das wollte ich Ihnen noch sagen vom Meer, sagte Kagraner, damit ich es nicht vergesse. Es mir zu erzählen?, sagte ich. Es mir zu merken, sagte er.

Die letzten Treffen nicht zu versäumen, hatte ich mir besondere Mühe gegeben, in der Hoffnung, endlich zu erfahren, welche Art von Veränderung Kagraner beabsichtigte oder vielleicht schon in Angriff genommen hatte. Aber er schwieg sich aus, auch über die jüngst erwähnte Dame, und ich wagte, wie so oft, nicht danach zu fragen. Ich versuchte es mit Andeutungen, etwa indem ich ihm von einem Bekannten berichtete, der zu trinken aufgehört hatte, oder mit der Frage: Wie geht es Ihnen? Was gibt es Neues? Aber ohne Erfolg. Kagraner tat so, als wüsste er nicht, worauf ich hinauswollte. Vielmehr erzählte er mir in durchaus heiterem Ton und indem er, was er schon lang nicht mehr getan hatte, auch für mich Kognak bestellte, folgende zwei Geschichten. Und ich ahnte nicht, dass diese die allerletzten von Kagraners Geschichten sein würden.

Die Geschichte vom Verschwinden

Was ich Sie fragen wollte, sagte Kagraner, was macht Ihre Tasche, gibt es sie noch? Ja, natürlich, sagte ich, irgendwo muss ich sie noch haben. Denn sehen Sie, sagte er, in den dreizehn Jahren habe ich vollkommen vergessen, wie sie aussieht. Vielleicht deswegen, weil ich immer weniger an meinen verschollenen Freund gedacht habe. Und ein Zeichen ist, sagte Kagraner, ich möchte das Ereignis nicht überbewerten, aber ein Hinweis ist es doch, als ich gestern nach langer Zeit, ich dachte zwischendurch, die Tasche ist längst aus dem Verkehr gezogen und sicher nirgendwo mehr zu sehen, die Tasche doch wieder gesehen habe. Zumindest bildete ich mir ein, das sei die Tasche. Aber ich war mir nicht sicher. Das erschreckte mich ein wenig, sagte Kagraner, dass ich mich außerstande sah, das erste Mal seit dem Verschwinden meines Freundes, mit einiger Gewissheit zu sagen, ob es die Tasche ist oder nicht, und wie seine Tasche tatsächlich ausgesehen hat. Hatte sie ein Schloss links und rechts oder in der Mitte? War sie eher hellbraun oder dunkelbraun? Hatte sie zwei seitliche Fächer außen oder nicht? Verstehen Sie, sagte Kagraner, dass mich das ein wenig erschreckte? Ja, sagte ich, das verstehe ich gut. Diese Irritation, dieses Loch in der Erinnerung, sagte er, wo ich mir dieser Erinnerung doch immer sicher gewesen bin, wo ich doch immer auf Anhieb gewusst habe, dieses Detail stimmt überein, dieses nicht, dieses ist genau so, dieses ein bisschen anders, diese Tasche ist die gleiche Tasche oder diese Tasche kann nicht die gleiche Tasche sein. Ich würde Ihnen gern, sagte ich, wenn Sie gestatten, das wollte ich Ihnen immer schon anbieten, meine Tasche schenken, ich hab sie noch. Herzlichen Dank, sagte Kagraner, sehr nett von Ihnen, aber ich fürchte, ich will sie nicht mehr. Nein?, sagte ich erstaunt. Nein, sagte er. Aber wieso nicht?, fragte ich. Die Sache ist für mich erledigt, sagte Kagraner. Verstehen Sie, sagte er, mein Freund ist nicht nur in der Wirklichkeit spurlos verschwunden, er ist auch aus meinem Gedächtnis verschwunden, wenn auch nicht spurlos, so doch als etwas Bedeutendes, etwas für mich Unabkömmliches. Und das sehe ich an der Tasche, die auch aus allem verschwunden ist. So soll sie auch verschwunden bleiben samt meinem Freund, sagte er. Beide gehören in die frühe Zeit, in dic Zeit vor meiner Ehe, und bevor ich Sie getroffen habe. Verstehe, sagte ich, aber als Erinnerungsstück? Nein, sagte Kagraner, Erinnerungsstücke deprimieren mich. Sie erinnern mich nicht an Gewesenes, sondern daran, dass etwas fehlt. Und Dinge, die fehlen, habe ich genug.

Die Geschichte vom Blick aus dem Fenster

Wenn ich nachts vor meinem Fenster stehe und hinaus auf die Straße sehe, und Sie müssen wissen, sagte Kagraner, dass ich von meinem Fenster aus sehr weit auf die Straße hinaus nach Norden sehe, denke ich gelegentlich, wer wohl in hundert Jahren vor diesem Fenster stehen wird und auf die Straße hinaussehen. Da würde ich gern an der Wohnungstür läuten und sagen: Entschuldigen Sie bitte, ich habe hier vor hundert Jahren gewohnt und würde gern einmal aus dem Fenster sehen, vor dem ich immer gestanden bin und auf die Straße hinausgesehen habe. Und der Betreffende oder die Betreffende würde mich freundlich hineinbitten, und ich würde vor dem Fenster stehen und auf die Straße hinaussehen, die sich sicher verändert hat, aber sicher kaum in ihrem Verlauf, und mir denken: Siehst du, genau hier bist du vor hundert Jahren gestanden und hast auf die Straße hinausgesehen und dir gedacht, wer wohl in hundert Jahren hier vor dem Fenster stehen wird und auf die Straße hinaussehen.

Und dann war Kagraner wieder verschwunden. Diesmal endgültig.

Ich sitze auf der Terrasse des Cafés in der Sonne. Für die nächsten Tage sind Regen und der Herbsteinbruch vorausgesagt. Noch eine Melange?, sagt der Kellner. Bitte, sage ich, und einen Kognak zum Abschluss. Schon fertig heute?, fragt er mit einem Blick auf das halb beschriebene Blatt Papier, das vor mir liegt. Ja, sage ich, einmal muss Schluss sein.

Ich betrachte meine Aktentasche. Sie hat den Sommer nicht gut überstanden. Das Schloss ist endgültig kaputt und das Leder an einigen Stellen nun so weit aufgerissen, dass eine Reparatur, wie man mir in mehreren Fachgeschäften versichert hat, nicht mehr möglich ist. Ich werde sie wegwerfen müssen. Ob Joachim noch die seine hat? Ich erinnere mich genau, wie wir die Taschen gekauft haben, damals in Berlin, wo wir ein Semester gemeinsam studierten, in den Siebzigern des letzten Jahrhunderts.

Jetzt habe ich mich doch entschlossen, meine Wohnung, in der ich fast fünfzig Jahre, zuerst mit meinen Eltern und dann, nach meiner Scheidung, allein, gewohnt hatte, zu verlassen und zu meiner Freundin zu ziehen. Sie möchte mich angesichts meines labilen Gesundheitszustands nicht mehr allein in einer Wohnung wissen. Sie wohnt, seit ihr Mann gestorben ist und ihre Kinder ausgezogen sind, allein in dem großen Haus am Rande der Stadt.

Den Sommer über hatte ich ihr, es war über weite Strecken, trotz Einbruch einer Kaltfront im Juli, ein ziemlich heißer Sommer gewesen, so weit es meine Kräfte erlaubten, bei der Renovierung des Hauses geholfen. Während sie mit der Pflege ihrer Mutter beschäftigt war, die gegen Ende des Sommers auch starb, organisierte und beaufsichtigte ich vor allem die Handwerker. Als Pensionist hatte ich ja Zeit genug.

Ausschlaggebend für meinen Entschluss zu übersiedeln, war, dass ich das Haus mit Garten, das ich bei der Schei-

dung meiner Frau und den Kindern habe überlassen müssen und das sie verkauft haben, sehr vermisse. Und dass ich endlich, pünktlich zu den Endspielen der Premier League, regelmäßiger als bisher in den Genuss der Satellitenschüssel kommen möchte, die mir meine Freundin geschenkt hat. Die Mansarde erbat ich mir als Arbeitszimmer. Auf sie freue ich mich besonders.

Wir haben uns vorgenommen, viel zu reisen. Schon demnächst wollen wir von Genua aus eine mehrwöchige Schiffsreise unternehmen. Dann Südamerika erkunden. Mexiko hat mich immer schon interessiert. Dazwischen werde ich Fußball schauen. Oder im Garten sitzen, Kognak trinken und meine Zigarre rauchen.

Nächste Woche soll der Umzug beginnen. Ein wenig sehe ich ihm mit Bangen entgegen. Die Stadtwohnung werde ich behalten, vielleicht für die Kinder, sollte eines den Wunsch hegen, da wir uns endlich wieder versöhnt haben, zumindest auf eine gewisse Dauer zurückzukehren.

Es wird kühl, wenn die Sonne weg ist. Und sie ist weg. Ich zahle, räume meine Papiere in die Tasche und mache mich auf den Weg. Meine Tochter würde bald landen. Sie kommt mit der Abendmaschine aus London. Auch mein Sohn kommt morgen aus Spanien. Ich habe beide seit Jahren nicht gesehen. Wir wollen, falls das Wetter noch danach ist und ich mich besser fühle, einen kleinen Spaziergang machen, am Fuße des Bisambergs, mit anschließendem Heurigenbesuch. Ihre Mutter, meine Exfrau, die sie, trotz meines Einspruchs, unbedingt dabeihaben wollen, hat sich bisher nicht gemeldet. Vielleicht hat sich ihr Zustand verschlechtert. Sie möchte wieder aufs Land ziehen, heißt es. In der Stadt fehlten ihr die Tiere.

Wie es der Zufall will, hat auch Victors Tochter aus Übersee angerufen. Sie wolle kurz in Europa vorbeischauen, wie sie sich ausdrückte, und mit mir das Grab ihres Vaters besuchen.

Ich überlege, wie und wo ich meine Aktentasche entsorgen könnte. Sie beim Umzug einfach mit all den anderen ausgemusterten Dingen in den Container werfen, kann ich nicht.

Aber vielleicht kommt doch noch einmal Kagraner vorbei und hat einen Vorschlag.

Gustav Ernst
Grundlsee
Roman
120 Seiten, gebunden mit Schutzumschlag
€ 17.90
ISBN 978-3-7099-7045-4

Von den glücklichen und weniger glücklichen Tagen einer Familie: Jedes Jahr verbringen John, Bella und Lili wohlbehütet einen schönen Sommer mit ihren Eltern am Grundlsee. An der Tagesordnung stehen die üblichen Quengeleien und liebevollen Querelen. Noch weiß keiner von ihnen, welche Herausforderungen das Leben für sie bereithält – doch holen sie diese schneller und heftiger ein, als sie ahnen können.
Gustav Ernst erzählt eine berührende Familiengeschichte über drei Generationen hinweg. Mit bestechend feinem Sensorium für das Zwischenmenschliche macht er die Bestimmungslinien und Unwägbarkeiten einer Familie sichtbar, wie sie auch die unsere sein könnte. Und zeigt, was passiert, wenn eintritt, womit jeder rechnen muss: mit dem Fortschreiten der Zeit, ihrer Gelassenheit, ihrer Unerbittlichkeit – unschlagbar lakonisch und authentisch wie das Leben selbst.

„eine sehr schöne Parabel über das Auseinanderdriften“
Kleine Zeitung, Reinhold Reiterer

„Gustav Ernst betätigt sich als lakonischer Chronist eines langsamen Zerfalls.“
APA Austria Presse Agentur, Wolfgang Huber-Lang